イッツ・マイ・ライフ

It's My Life

西田泰士
Nishida Taishi

文芸社

第一章

1

弘田恒星《こうせい》は九月一日午前七時五十分に箱根湯本駅に降り立った。日中の肌を刺す陽光は十分余力を残しており、連日35℃を超す気温が続いている。

九月一日付の人事異動で恒星は箱根支店を命じられた。関東中心に店舗展開している地方銀行横浜みらい銀行の次長として十回目の転勤である。今回は次席者として全体を統括するが、担当は内務役席がメインだ。実際は貸付や預金、融資先の訪問、金融商品の検印と役割は多岐にわたる。小規模な店舗はマルチに業務をこなさなければいけない。様々な重圧が圧《の》し掛かってくる。とにかく無事業務を終了させることと業績アップを目指さなければならない。

妻の美穂はあとから引越しの荷物の着く時間に合わせて横浜を発ち、恒星の愛車ヴェゼルで箱根の借上げ社宅に午前十一時頃に着く予定だ。恒星のこれまでの銀行員生活は、横浜の自宅から通勤できる範囲であり、今回は初の単身赴任だ。独身時代を思い出す。結婚以来最初で最後の一人暮らしになりそうだ。

一人息子の俊宇《しゅんう》は地元の国立大学を卒業して、都市銀行に入行し、半年間の研修期間を経て札幌市内の支店に配属された。美穂とはふたり暮らしになった。なぜだかふたり暮らしの微妙な緊張感はまだ解けていない。

今回、一人分の荷物であり引越しの準備を整えてくれた美穂にとっては楽勝であった。公共料金の手続きは手早く済ませ、支店への手土産も用意してくれていた。美穂からは二重生活になるから、なるべく自炊するように念押しされているが、不安はなくむしろ楽しみだ。恒星は料理には自信を持っているからである。とは言ってもパスタ料理を得意とするだけであるのだが、パスタ用24センチのアルミフライパンと鍋、トングを用意してあり準備は万端だ。ネットで注文したパリラNo．3、1・4ミリ、5キロが今日届く予定だ。これが人生最後の単身生活だと思い意気揚々としている。

箱根支店には午前八時五分に着任した。就業開始時刻は八時三十分であるが、支店長を始め約半数の行員が既に出勤しており、金庫開閉当番が金庫のダイヤルを回していた。

支店長にまず軽く挨拶をしながら手土産を渡す。この習慣は何とかならないものかと思ってしまう。着任当日は、ＰＣの就業システムで着任および出勤ボタンを押す。その後、お決まりのような儀式で支店長に応接室へ呼ばれるのだ。いつものパターンだ。

支店長は合田大和《ごうだやまと》、四十八歳で恒星の九歳年下だ。何度転勤しても最初の緊張感は新入行員の時とさほど変わらない。初めて配属されるような感覚に見舞われ、まるで十回目の入行式を迎えたようだ。心中、年下の上司には気を使う。業務の面でもそれ以外でもコミュニケーションを取るのに非効率で、今までの経験からは、いずれ意思の疎通にズレが生じてしまい、そのうちうまくいかないようになってくる。その時、決まって悪いのはこっちのほうにされてしまうのである。当然の話ではあるのだが。

支店長はここが一店舗目で、赴任後半年が経過していた。これから減点方式の出世レースに参加させられ、柔らかい表情のなかにも目つきは鋭かった。五十七歳にして次長職の恒星は、期待されるというよりもおそらく何をしでかすかの警戒感が強いであろうと推測する。支店長自身のネットワークで情報は陰で収集済みなんだろう。噂は先入観を連れ、良い印象は限りなく小さく、悪い印象が増殖しがちである。だが、いつものことだがせいぜい付き合っても一～二年となるはずだ。その後は自分の時代がやってくるのだと大袈裟

に言い聞かせてみる。そのために適当なサイクルで異動があるのだ。うまくできていると
いつも納得させられてしまう。
これまでの経歴や出身地など他愛もない話が主体で、あとはザックリとした支店の業績と支店内のメンバーの話があり、数分間の面談は終わった。応接室を出てすぐに全員が集まり、恒星は簡単な自己紹介をした。そのあと六人の行員が一人ずつ名前とポジションを言って、僅か三分も経たないうちに朝会は終わり、すぐに皆それぞれのポジションに散らばった。

街の経済は新型コロナの影響で鎮まっており、回復までには程遠い。取引先には資金繰りのため融資が活発に行われ、利子補給があるとは言え、借入金は急速に増えていっている。決算書の財務内容、損益は共に傷んでいるはずだ。
コロナ禍で一番打撃を受けた業種は宿泊業である。泊まり客は長期間ほぼゼロに等しかった。その次は飲食業だ。銀行の中小企業向け融資は劇的に増加し、全国的に好調で収益にも貢献した。だが今後、取引先の本業支援には役が掛かりそうだし、財務内容の悪化は避けられず、いずれ貸倒引当金の積み増しにより銀行決算にも大きく影響が出てくるもの

と思われる。

五十歳を過ぎると顔見知りの行員も少なくなるとよく言われる。先輩行員が次々と退職あるいは転職していくからだ。

心強い知り合いが一人いた。金融商品担当の女性役席（支店長代理）で渉外の安岡沙結《さゆ》である。彼女と仕事をするのは二回目だ。三十歳過ぎに渋谷支店の渉外で共に汗を流した仲だ。歳は近いが彼女はまだ独身であり、もう結婚はしないものだと勝手に予想している。

箱根支店は渉外二人、貸付二人、内務三人、支店長を含め八人の小規模店舗である。どこの支店も合理化により来店客数の減少以上に減員を図られている印象だ。

もう一人の渉外は若手新鋭の支店長代理五十嵐《いがらし》リョウ。貸付役席は五十八歳と最も年齢が高い小林孝太郎だ。役職定年しており肩書は次長補佐で事務処理専門である。来年の十二月に定年退職予定だ。貸付係は若手男子行員、森沢吉雄、女子行員の二名は役席ではないが、一人は若手正行員の桜木尚子《なおこ》、もう一人は地元出身で当行ＯＧ非正規行員の山田志《し》音《おん》である。彼女は一年ごとに勤務契約を更新し続けており最年長だ。これだけの人数でよく支店経営が成り立つものだと感心する。

恒星は前任支店の下北沢支店で貸付担当役席であったが、若手渉外行員にパワハラで訴えられた。左遷という意味ではないらしいが、この街へ転勤となった。丁寧に何度も指導してきたつもりが相手にとっては高圧的に捉えられたのだろう。人事担当者から面談されたが、身に覚えがないとの答弁に相手にされなかった。当事者同士、それぞれ面談をされたのだが、それではラチがあかないのは明らかだ。なぜ周りの行員と面接し第三者の目から見た客観的な意見を聞かなかったのか疑問が残る。それさえも個人情報として捉えられていた可能性もある。変な時代だ。こちら側には真実があるのだし、訴えた側にも真実がある。何が答えなのか？　真実も二つあるように答えも一つではない。言ったもん勝ちは不当なもので、それを機会にその行員は退職した。人間すべての悩みは人間関係にあると言われるが、そのことにあらためて納得させせられてしまった。

「今日は疲れたでしょう。早く帰って下さい」

と、支店長から声が掛かったのは既に七時半を回っていた。やはり着任初日は、引継ぎ、顧客への店頭での挨拶や業務の勝手が分からないことで忙しいし気疲れもする。

帰りにコンビニで麻婆丼と３５０ミリリットルの缶ビールを買い、外へ出た。横浜より空気は澄んでいて風は微かに涼しく、夜は明かりが少ないせいか、星々が明らかに多かった。

借上げ社宅に帰る。支店から歩いて五分の距離だ。駐車場には愛車ヴェゼルが無事停められてあった。ワンルームの部屋に初めて入り、電気をつけエアコンのスイッチを入れる。心身共にくたくたであったが、気持ちだけは新鮮であった。

中央に小さな丸いテーブル、正面にテレビが置かれてある。まるでミニマリストの部屋に入ったような景色で、これと言って何もない。必要最小限の食器類と湯沸かし器はあった。冷蔵庫の上にバナナとインスタントコーヒーが置かれてあり、中にはヨーグルトが入れられてあった。白物の電化製品は冷蔵庫ぐらいのもんだ。電子レンジもトースターもない。電子レンジはコンビニで何か買う時に温めてもらえばいい。朝はバナナとコーヒーにヨーグルトと決めてある。これでいいのだ。不必要なものは当然無いと一目で分かる。これ以上絶対に荷物は増やさない、と心に誓った。

普段美穂は朝食を取らない。なぜかと言うと、八時間以内に二回の食事をすることが健康に良いとの情報を得ているからだ。それを二年以上継続しており、身体の状態はベストだと確信しているようだ。身体も軽くなり楽になったとよく言っていた。とにかく若さを保つ秘訣は小食を続けることらしい。

恒星も朝食を抜きたいところだがそうはしない。仕事では昼食が取れないケースが想定され、朝食抜きだと一日身体が持たない時があるからだ。朝昼抜きだと五十代後半ともなれば身体に堪える。抵抗力がなくなりコロナに罹れば支店経営にも大きく影響が出て大変なことになる。そこは神経を使うところだ。

洗濯は一週間分のものを持って帰り、その分持って来る。週一帰る単身赴任者はそっちのほうが効率的で時間も有効に使える。いざとなればコインランドリーに行けばいいのだ。持って帰ればYシャツにアイロンをかける手間と時間を省けていい。美穂がそこはやってくれる。

美穂に電話をしてみた。一言〝ごくろうさん〟と感謝の弁を伝え、今日の支店でのことや部屋の感想を言いながら軽く会話を交わした。

パーカーとスエットに素早く着替え、緊張感から解放される。今日はもう誰とも会話しなくて済む。テレビをつけ、BSの広島―巨人戦を見ながら缶ビールをグラスに注ぎ、一気に胃に流し込んだ。西川龍馬が逆転3ランを打った。心中でガッツポーズをきめる。麻婆丼も勢いよく胃に運びこんだ。辛さと苦さが口内で混ざりあう。ただでさえ酒に弱い恒星であったが、350ミリ缶のビールを飲み終えたあと、疲れのせいか早くも酔いが回ってきた。弱いのについつい喉越し目当てに飲んでしまう。

コップ一杯の水で酔いを薄め、チャンネルを経済ニュース番組に変えてみる。マーケット情報でシカゴ日経平均先物の動向を確認する。90円上昇で推移していた。未だNY市場は始まっていない。先物を含め、明けてみないと結局のところ分からないことではあるが、今のところ先物は上昇しており多少は安心する。

今日の出来事を反芻してみるが、思考が働かなかった。シャワーを浴びることにした。その日はあっという間に終わり早めに寝床に就いた。


恒星は高知県出身で、一人っ子であるが地元には帰らず、横浜市内の私立大学卒業後、銀行に入行した。自宅は横浜市保土ヶ谷区に一戸建てを構えた。中古物件を購入し、4000万円を借入れした住宅ローンの完済は六十歳の定年時に合わせており、残債はあと500万円程度だ。

これから毎週、愛車ヴェゼルで高速を使い自宅に帰る。毎週末、夜中に一週間の疲れを背負って帰宅するのだが、どんなに遅くなっても帰るのだ。単身赴任者の毎週帰宅組三名は、時間を非常に大事に使い、競うようにして早く帰る。移動時間も仕事の一部だと感じられて損した気分になり、一刻も早く自宅で落ち着きたいと思うからだ。要は自由な時間を確保したいのである。

通常、日曜日の午後はあっという間に訪れ、赴任地に帰らなければならない。移動中も少なからず次の日のプレッシャーを感じる。だが週明けの勤務午前中は意外とすんなり入れることが多く、一日通して何事もなく終わることができる日が意外と多い。苦情、トラブル、事務ミスなどは緊張感が薄れた週半ばから後半に向け発生する傾向にある。恒星も実際は週明け二日目から気持ちが昂《たかぶ》っていく。マーケットにとってNY市場の主要三指数、週明けの終値が出るというところもあるからだ。

いつも通り朝五時四十五分に起き、テレビをつけ、BSの経済ニュースでNY市場の結果を確認する。キャスターの機転の利いた受け答えにはいつも感心させられる。毎日入れ替わるエコノミスト、ストラテジストやアナリスト、ファンドマネージャーなどレギュラーメンバー五十名余りの人間と対等に意見を交わす。市場関係者の間でも、強気派、慎重派など常にマーケットの先行きに対し意見が分かれるところだが、疑問を抱きつつ鋭い突っ込みを入れる。この人が一番マーケットに精通しているのではないかと思われるくらいだ。キャスターは専門家の意見を聞く機会が最も多く一番情報を得ていることは間違いない。過去の経験則やマーケット分析に今後の展望など直接聞きたいぐらいだった。

「今朝のNY市場の明けはどうだった？」

火曜日の朝、週明けのNY市場の話題を金融商品担当の安岡に振ってみる。彼女は、金融商品に関しては行内でもトップクラスの優秀行員だ。

「FRBの大幅な利上げ継続が意識されて長期金利は上昇し、3・3％を越える程度でした。銀行株主導でダウとS&P500は小幅に上昇しましたが、ナスダックは大きく下げて2％以上の下落となりました。やはりグロース株は金利上昇には敏感に反応しますね」

「特にこの金利上昇局面では意識されやすいな。今日の東京市場の予想はどうだ」

「シカゴ日経平均先物が100円程度上がってましたので、上昇スタートですが、日中はドル円の動き次第ですね。特に材料らしきものはないので。今は142円台前半ですが、どちらかと言えば日本時間は円安に振れやすいので輸出企業には追い風となって、2万7千円～2万8千円くらいだと思います」

さすがである。市場関係者の口ぶりだ。

安岡も早朝のマーケットニュースは必ずチェックし通勤している。話が合いそうでコミュニケーションも取りやすい。彼女は成長していた。

「通常はもっと金利上昇するんじゃないの？」

「パウエル議長の積極的な利上げ姿勢を市場は既に織り込んでいるようです」

「なるほどな、でもドル円の動きは激しかったな」

「そうですね。日米の金融政策の違いがこれだけ明らかになると、大きくドル高に振れやすいんだと思います」

「ＦＲＢは景気を犠牲にしてまでもインフレ抑制のために利上げをしたい考えだから、アメリカの長期金利とドル高は当面、続きそうだな。アメリカの株価の動向、要注目だな」

「アメリカのＣＰＩ（消費者物価指数）の発表は要注目ですね。利上げ効果が出ずにインフレが高いままだと、更にＦＲＢはタカ派姿勢になって積極的に利上げを継続すると思います。株式市場も大きく下がります。金利上昇は企業収益にもネガティブだし。でも決算シーズンになれば市場はそっちに注目しだします。最終的に株価は企業業績に収斂《しゅうれん》するとも言われますので決算発表も注目ですね。売上高、純利益、一株当たりの純利益が市場予想を上回るのかどうか。だいたい上回ったほうがポジティブに反応しますが、そうでないケースもあります。結局まちまちで今後の成長期待も絡んできますから、先読みは難しいですね」

「そうだな。市場予想を下回っても、要因によっては株価は上昇する時もある。なかなか読み解くのは難しいな。銀行員ではそこまでついていけないよな。でも、なぜその時、下落したのかをチェックしておけば、次に生かせるかも」

「そうですね。また色々と教えて下さいね」

基本的には二人とも未だ米国株を今後も強気とみているようだ。

同行は都市部の地方銀行でスタンダート市場の上場企業である。とは言え業務の効率化により人員削減を迫られ、人員規模は縮小傾向にある。低金利による競争が激しく株価も500円前後とずっと低迷したままだ。純利益は70億円前後で毎期安定的に計上しているのだが、世間の評価は厳しい。

銀行全体に言えることだが、成長性に期待が持たれないようだ。ＰＢＲ（株価純資産倍率）は0・2倍程度で推移している。メガバンクでも1倍割れの状態が続いているのだ。

いくら成長性に期待が持てないとは言っても、低く評価され過ぎだ。成長性が期待できるグロース株より高い安定的な収益を上げている銀行も多いなかで一向に評価されていない。イノベーションに期待が持てないのは理解できるところだが、日銀の異次元緩和が大きな要因だと思う。

アメリカはファンダメンタルズが良好となれば長期金利に反映され、銀行株も上昇しやすい。先進国で日本だけだ、これほど低金利が30年近くも続いているのは。何とかならないものか、本当に。

恒星の意識は融資業務から次第に世界のマーケットに目が向けられ、日々の分析や展望に躍起だ。融資の個別案件や財務分析、事業性評価をどんなに細かく行っても、財政政策や金融政策に大きな影響を受けマーケットにネガティブな調整が起これば、一発で吹き飛んでしまうからだ。株式、債券、為替市場はすべてを包み込む要素があり、その動向を見るのは、業務を推進するうえで重要なことだと考えるのだ。

日銀は量的緩和を長くやり過ぎだ。長期金利の動向は市場に任せるべきだったのだ。金融政策の一環として長期金利を0％付近、短期金利をマイナスにする政策を今も続けている。低成長が続くのは日銀が低金利政策を過剰に長期間やりすぎたためだと考える。金融機関だけが量的緩和による低金利に悩まされ続け、収益の圧迫を余儀なくされ、それが二十五年以上も続いている。さまざまな面で正常な対価が機能していない。我々の給与も社会貢献した分、適正な対価が得られていないような気がするのだ。本来の金利が適正に機能していないと感じる。

日銀は金利上昇＝円高のシナリオを悪と見ている。グローバルに展開する日本企業にとって「円高」を警戒し過ぎだ。グローバル企業はそれほど為替の影響は受けにくくなっている。どうして利上げできないのか。国債の発行額が多すぎて利上げをすれば、今後利払い負担が増え、財政収支の悪化が更に進んでいくことを警戒しているのか。

政府も国の借金を増やし過ぎた。その付けは大きく将来に重く圧し掛かってくる。さまざまな憶測が膨らんでいく。日銀も大規模な金融緩和を何回もサプライズでやり過ぎた。もうどうしようもない。これからは、まずは利上げする時を見計らって政策金利を上げるべきだ。金融政策決定会合の都度、政策金利の上昇を示唆しながら市場とのコミュニケーションをうまく進めていく。景気動向が良くなれば、徐々に利上げを実施していくのだ。そうすれば景気後退局面では利下げの余地も生まれる。もっと機動的に変化させ、景気に刺激を与えるべきだと思う。

日本株はなかなか上値が重い。アメリカ企業に比べＲＯＥ（自己資本利益率）が低いのだ。アメリカ11・9％に対し、日本は５・５％程度である。日本に比べアメリカの企業は二倍以上稼いでいることになる。海外の投資資金が日本に入ってこない大きな要因と指摘する市場関係者の声もあるが、意外とメディアでは滅多に報じられない。

次の日も安岡に振ってみる。

「今日の日本株の予想は？」

「先物は上昇してましたが、少し円高に振れてましたので、今日ももみあいが続きそうですね」

予想通りの返答だ。

「投信は当面為替で米ドル高期待もあり、米国株主体がいいと思う。顧客に理解が得られ、リスクを許容できる方であれば、米国株主体の投信を勧めてあげてみよう」

「はい、私も同感です」

いい返事がかえってきた。

週三日目の朝、支店人員八名が集まり、行内通達や注意事項を確認した。毎週一回、朝行われる行事だ。その後、渉外活動の前日の出来事、今日の予定を話し合うミーティングである。これは毎日行われる。いつものルーティンだ。

渉外役席で主任の五十嵐リョウが純新規案件を持ち出した。老舗高級温泉旅館の別館新築資金の設備総額5億円、自己資金1億円、メイン銀行の東洋開発銀行の融資3億円、当行への融資依頼は1億円の案件だ。コロナ後を見据え宿泊客数は回復していくことを睨み、しかも別館で高級化を図る考えがあるようだ。かねて計画を聴取し、担当者のリョウが訪問を重ね、メイン銀行との協調融資にこぎつけた。

収益は傷んでいるが財務内容は申し分ない。計画の実現性を検証しなければいけないが、問題は金利条件による当行の採算性だ。5年固定で0・750%との話であり低すぎる。25年返済で、5年固定とは言え一度低金利を設定してしまうと、5年後には固定期間が終了し、再度固定期間の対応を迫られる。結局最後まで固定金利で推移し、しかも低金利対応を余儀なくされることは覚悟しなければならない。

長期金利が上昇し長期プライムレートが上がったところで、すぐに貸出金利に反映されることはないだろう。特に事業性の融資は期間型の固定金利が多いのだ。変動金利は殆どない。要するに、固定期間中に金利が上がっても企業側は影響を受けないのである。それが約束事だ。仮に固定期間が終わったタイミングで金利が上昇すれば、引き上げ交渉は可能である。でも、どうだろう。大幅に金利の上昇は考えにくく、取引先は低金利癖が付いている。引き上げ交渉は難航するだろうし下手を打つと肩代わりされる。政策金利が上がり、預金金利も上げざるを得ず調達コストが上がれば、銀行の収益性は更に厳しくなるはずだ。この案件だけに言えることではない。全国の銀行の悩みの種だ。おそらく今回の融資は不採算で、支店収益面での赤字を二十五年引きずることとなるだろう。

「もう少しレートはなんとか貰えないのか」

分かってはいたが、あえて恒星はリョウに振ってみた。

リョウは無理です、と即答した。続けてこう言った。

「社長はもの凄く細かくて難しいんですよ。特にレートに関しては厳しいんです。今まで融資稟議を書いて決裁もらっても、ぎりぎりでキャンセルを食らったこともありますし、最後まで腹の内は分かりません。今回もあっさり他行に持って行かれる可能性だってあります」

「個人取引は普通預金に3000万円も置いてくれている。ありがたい話ではあるが、珍しいな、いま時」

と、支店長は言った。

「昔ながらの銀行取引を考えているんじゃないかと思います。本当は投信とか検討してくれればいいんですけど。一度、安岡代理に同行してもらったことがあるんですけど、言われる話が細かすぎて前に進みませんでした。パンフレット類さえも受け取ってくれなかったんです。投資には向いてないようです。生保も同じだと思います」

と、リョウは答えた。

「まあ、投資は自己責任だから。毛嫌いする人もいるだろう。でも融資は違う。資金需要があってのことだ。かまわん。やれ。融資量増強や平均残高アップに寄与する。いま時こんな前向きな設備資金の申し込みはない。従業員取引を拡充していけば、総合的に見れば採算は期待できるだろう。これからリョウの頑張り次第だ。この案件が土壇場でダメになったら、それはそれでいい。社長はそれだけの人間《ひと》ってことだろう」

合田支店長はえらく前向きだ。結局、短時間の話し合いであっさりゴーサインが出た。

恒星はいつも感じることだが、人間が難しいのは、その場面だけを切り取ればそれだけ真剣に取り組んでおり素晴らしい要素もあるのだが、自分しか信用できず視野が狭まるネガティブな側面も持つ。結局、損だと思うのだ。今までの銀行員生活で幾度となく難しい人物に会ってきたが、そういう人にはまずいい話や情報を持って行く気がしない。例えばいい不動産の売却の情報が出ても持って行かないし、いい金融商品が出ても誰も説明に行こうとしない。普通預金に3000万円もあれば、時間分散で積立投信でもやれば儲かる可能性は極めて高い。恒星自身も美穂も俊宇も幾度となく繰り返してきたが、積立投信で損をしたケースはない。本当に勿体ないと思う。

結果的にはメイン銀行と同レート0・750%で実行した。リバーサルレートである。金融緩和の副作用とも言われるが、よく言ったもんだ。我々の給与も上がらない理由を犇々《ひしひし》と感じる。

支店長が言うように、こんな前向きな設備資金の案件は滅多にない。融資量も増やすことができ、実行すれば支店の評価も上がる。支店評価＝支店長評価だ。でもどうだろう。もっと慎重に計画を検証するべきであったようにも思う。本当の融資、つまり地域貢献は融資した瞬間にあるのではなく、その後に企業や地域が発展し、より良い方向に変化して初めて評価されるべきではないのか。後になって、あの融資はやるべきではなかった、というケースは意外と多い。
勿論、人事評価は半年ごとに行われ、その時の実績が評価として示される。それはそれで仕方ない部分がある。人事部がどこまで見ているのか分からない部分はあるのだが、過去の実績が現在どのようにいい影響をもたらしているのか、という項目も入れ検証されるべきだと思うのだ。勿論、過去の融資が更に企業業績を悪化させ不良債権化されていれば、マイナスの評価が付く。要は企業が成長できたかが大きなポイントだ。そこまで踏み込んだ評価が必要であると思う。その場その場でやったもん勝ちは、タイミングやたまたまというのがあって不公平感があると恒星は考える。

恒星の銀行員生活は順調とは明らかに言えない。入行後十年経って支店長代理昇進のための試験を受ける。そこで約三割が振り落とされる。恒星はその三割のなかに入ってしまった。上位5％程度いそうな優秀行員と下位1％程度のどう仕様もない行員は別として、あとは団栗の背比べである。そこで振り落とされればなかなか追いつくことはできない。筆記試験でそこそこの得点を取るのは、闇夜の針の穴に糸を通すようなもので難しく、実際は一年ごとに人事評価を受けその積み重ねが優先されるようだ。逆転劇はない仕組みになっている。それが段々行員にも分かってきたせいか、最近は十年経って辞めていく行員が増えてきた。恒星は頑張ればすぐに追いつけると思っていたが、そうではなかった。

人事評価というのはA～Dの四段階評価を受ける。恒星は二年遅れで支店長代理に昇進したが、三十四歳で今度はD評価を受けてしまった。一度D評価を受けると支店長クラスには絶対昇《あ》がれないと言われている。二年半の県外店舗勤務を終え、横浜市内の主要店舗に異動した時だった。純新規融資で半年後に取引先が倒産してしまったのだ。結果的に債務整理のための資金手当てをしてしまい、半年後に銀行は受任通知を受け取った。粉飾決算をし、騙された格好であったが、それを見抜けなかったのだ。

出世レースはマイナス評価でのレースでもある。一度ペナルティーを受ければ二度と追いつくことはできない減点方式だ。敗者復活戦はないのである。だから一度躓《つまず》いた行員は他の行員に対して呪詛《じゅそ》してしまうのだ。将来の退職金にも大きな差が出てくる。次長席での評価が極端に悪く、結果的にD評価になった時に支店長から応接室に呼ばれ「すまない。評価のことだが、かなりフォローしたのだが、結果Dになってしまった」と言われた。その時の「すまない」の意味がその時ピンとこなかった。それ以降は奮起し、結果もある程度残してきたが、何の功績もない年下の行員達にどんどん先を越され、その「すまない」

の言葉の意味が五年、十年と経つうちに分かってきた。そして五十四歳でやっと次長になれた。二十年間、昇進がなかったのである。

美穂に言われた。

「そんな、二十年も昇進のない会社ってある？　私、もう昇がれないって思ってた」

「勿論、俺も昇がれるなんて全然思ってなかったよ」

美穂の一言に三分の一は傷つき、三分の一は喜び、残りは笑い話となった。

結局、銀行の人事評価は不透明だ。支店が七十店舗あるなかで、日頃の業務や営業活動を見て評価しているのは、周りの権限のある行員、つまり次長、支店長だ。最終的には人事部によって決定されるが、人事部は現場の状況を見ていない。要は、すべては店内で評価する側に委ねられている。表面では良い人間関係であっても実際の腹の内は分からないのである。恒星も第一次評定者として部下を評価しなければならない。実際の業務以上に難しさを感じるところだ。

恒星は回天を試みる。確定拠出年金で利益を出し、退職金で同期たちに逆転を試みようとするのである。マーケットに興味を抱き始め、積極的に外国株主体のインデックス型に投資した。リスクオン、オフを繰り返し、大きな含み益を得られるようになっていった。

必ず毎朝、NY株式市場の主要三指数、債券市場、為替市場をチェックし、分析、展望を確認し出勤する。日常的な行為であり必然的に詳しくなっていった。

安岡も同様に、毎朝チェックを欠かさず出勤し、今や独自の考えを示すようになっている。彼女は日本株には全くと言っていいほど興味を持たない。日中の動向はあまり気にしていないようだ。

「東京市場は予想通りあまり動かなかったな」

「そうですね、あまり材料なかったですしね」

アメリカは物価の上昇が驚異的だ。大幅な利上げ継続の予想から長期金利の上昇によって株価は調整されている。特にグロース株の多いナスダックの下げが大きい。景気後退が意識され始めている。

日本は少子高齢化が加速しており、経済規模を拡大するには海外で稼ぐしかない状況が続いている。先進国のなかでも少子化は突出しており、何がそうさせているのか、恒星は考える。社会全体の競争が激しくなり、教育費を考えればおのずと都会で生活するには子供は一人で精一杯だ。いや、地方でもそうかも知れない。更に言えば、下手に結婚しても暴力夫や子への虐待など問題が出る場合もリスクと捉え、自由にひとりで生きる道を選択する人も増えているような気がする。

そもそも人々が夢を持たなくなった。リスクも取らなくなったのだ。先進国のほうが物質的にも経済的にも豊かであるはずだ。それなのに人生自体には後ろ向きだ。夢を失った社会構造を社会が作ってしまったのだ。

日本国民は単一民族であり、政府に守られ過ぎで、言わば過保護じゃないかと考える。まず若者は選挙に行かない。安心感と言うよりは無関心だ。実質、保守党一党独裁で、高齢者にはやけに優しい政策が掲げられ、社会保障費がほかの先進国に比べ極端に手厚い。選挙に参加するものは圧倒的に高齢者が多い実態がある。

国の借入は増える一方で、ＧＤＰ比２５０％、１２００兆円以上に膨らみ、財政収支の黒字化は遠い未来の話どころかいっこうに目途は立たない。どんどん先延ばしにされ、財務省の幹部でさえ、もう無理だ、夢の世界だとの発言があったほどだ。いずれ必ずやってくると一部の市場関係者が口を揃えるトリプル安。債券安、円安、株安だ。金利は30％超、ドル円は３００円、日経平均株価は４０００円台。そうなれば日本の価値は失われる。

そう思っているうちに今日もいつもの業務終了の時刻が迫ってきた。その時、「あああ、のどが渇いた」と、ブルースシンガーのような渋い声が聞こえてきた。飲みの誘いである。

合田支店長は独身であった。

「弘田次長、早く終われますよね。コロナも落ち着いてきたし、そろそろもういいでしょ」

と、安岡も口を揃える。

合田支店長はやけに笑顔でこっちを見ている。いかにも酒好きで強そうだ。恒星は殆ど酒を飲めず、実は飲み会はあまり好きではない。割り勘要員にされるのも嫌だった。

支店から歩いて三分ほどのところにある居酒屋「相模」へ行くこととなった。どうやら行きつけらしい。暖簾《のれん》をくぐると座敷が空いていた。合田支店長を対面に、あとの二人は並んで座る格好だ。

三人はいっせいにマスクをはずす。支店長の鼻、口元を初めて見た。合田支店長の鼻は丸く、口はへの字で、決してイケメンではないが笑うと可愛らしく、そのギャップが極端だ。安岡は相変わらず目元が切れ長でキツく美形だ。黒のパンツスーツもよく似合っている。やはり鼻、口元は整っており、笑うと口角が上がり、皓歯《こうし》が益々光っているように感じた。マスクに覆い隠されて都合良くなる人間と、マスクをはずして自分を曝け出したい人間に分かれそうだが、恒星はというとマスクをしたほうが都合いいと思っている。

安岡が声を上げる。その後で若いバイトの女子が注文を聞きに来た。生中三つ、刺身盛り一つ、冷奴とからあげを人数分、漬物盛り合わせを一つ注文する。

他愛もない話からマーケット中心の話題に移行する。

「米国株の乱高下激しいですね。要因は何でしょうね」

安岡が振ってくる。彼女はマーケット分析はある程度できているが、情報も欲しいような雰囲気だ。恒星も語るのが好きであり、透かさず自分の知識や情報を曝け出す。

「アメリカはコロナ対策による大規模な財政出動により国民の懐は豊かになった。多少モノが高くても気にせず買うようになり物価は上がり続けたんだ。その物価を抑制するために利上げを継続しているんだ。金利が上がれば企業はお金を借りなくなり、設備投資などは鈍化し経済活動が減速するだろう。そうなれば単純に物価は下がっていく。でも意外とアメリカ企業は金利上昇を跳ね返すくらい強い側面もある。金利上昇分や原材料の高騰分を更に価格に転嫁させてるんだ。だからなかなか物価が収まらない。だから株式市場は乱高下してるんだと思う」

「日本とは状況が違うんですね。日本は円安が激しくなって輸入物価が上がって大変ですよね。日本企業はなかなか価格転嫁できないから国内相手の企業は厳しそうです。ここへきて、今までデフレであったことが更に足を引っ張りそうですね」

「そうだな。また今後、やっかいな新型コロナの変異株が出現しなければいいけどな」

と、恒星は告げる。

「米国企業は、結局は株主第一主義で利益を優先し、結果を出すから大丈夫ですよね。労働市場も活発で、解雇したりすぐに受け入れたりするでしょ。日本企業みたいに何がなんでも雇用は守っていくとか言わないじゃないですか。リストラって話もあまり聞かなくなりましたよね。ＩＳＭ製造業や雇用統計、ＣＰＩ（消費者物価）などの指数でマーケットは大きく動くことはあっても、結局決算シーズンになれば落ち着くと思いますけど」

さすが、安岡だ。

「アメリカは物価上昇が重荷になるかも知れないが、年末に向け個人消費が順調であれば、株高期待できそうだな」

「そうなるといいですね」

「期待しよう」

三人とも生中の二杯目を注文した。

合田支店長が殆ど話に入れない。機嫌が悪そうだ。

無理もない。融資主体に実績を残して出世してきたが、男子行員はそういう人間が殆どだ。自身の確定拠出年金もリスクを取らず全額定期預金で運用している。恒星からしてみれば全く考えられない。定期預金であれば、少ない利息に更に預金利子税が掛かってしまう。ナンセンスである。まさに取らざるリスクだ。リスクを取らないのが最大のリスクであると考える。

「支店長、定期預金で運用していると殆ど増えませんよ」

と、恒星は助言する。

「下落して目減りするよりましでしょ」

と、返される。

これ以上言えば失礼に当たる。投資は自己責任だと安岡が告げ、最後は皆納得してしまう。

ほかの二人は生中をお代わりし三杯目を注文している。恒星は三杯目をレモン酎ハイにした。酒の弱い恒星は今日は頑張っているほうだ。

話題を変えてみる。釣りの話になった。合田支店長は釣りが好きらしい。

「釣りって面白いですか」

恒星は殆ど釣りをしたことがない。小学校の頃、父親に連れられて行ったことがあるが、その時はそんなに面白いとは思わなかった。行員で釣りが好きな人が多いため、どこに魅力を感じるのか聞いてみたかった。

「釣りは〝無〟になれるところがいい。釣れなくても、釣りをしているだけで落ち着きリセットすることができるんだ。釣れると、なおいいし。孔子の名言にもあったんだぜ。一時間幸せになりたかったら酒を飲みなさい。三日間幸せになりたかったら結婚しなさい。一生幸せになりたかったら釣りを覚えなさいってね」

恒星からしてみれば、酒は弱くて苦手であり一時間幸せになれるとは思えない。三日で結婚生活が終わることもあり得ない。釣りが一生楽しめるとは到底思えなかった。

釣りに関して言えば、一日一つのことで時間がつぶれるのは勿体ないと考える。読みたい本やマーケットの情報収集、俳句や料理と、やりたいことは山ほどあるのにできなくなる。時間はお金と一緒だ。無になるのは十分間瞑想すればそれでいい。全く興味がないわけではないが、今はその時ではないと思い心中で締めくくる。

「いいですね。一つのことで一生幸せになれるっていうのは。そういうモノに出会ってみたいもんです」

と、恒星は返した。合田支店長にとって、釣りには大きな宇宙が広がっているのだ。人それぞれ宇宙がある。特に趣味を楽しめる人は境地に達している。だから釣りをして、それだけで十分なのだ。

恒星は趣味を楽しめない、と言うか趣味らしいものを持っていない。何をしても、どんなに面白くても、ただの思い出になってしまい、時が過ぎれば価値としては残らないものと考えるのだ。できれば何かを創造し、どんなに小さな価値でもいいから世間に残したいと思う。そのために俳句を始めた。恒星にとっても宇宙がある。大きな宇宙は株式、為替、債券のマーケットであり、小さな宇宙はパスタ作り、俳句である。俳句はこれから大きくしていきたいところだ。

酒は苦手だが、今日は比較的よくしゃべっており、発声によってアルコール分も多少は体外に放出され、酔いも醒めつつあった。レモン酎ハイを舐めるようにちびちび飲んでおり、半分程度になった時に疲れて帰りたくなった。

いいタイミングで安岡が言ってくれた。

「もうそろそろお開きにしましょう」

最後に酒の残ったグラスで乾杯しお開きにした。コロナ禍での飲み会が短時間で終わったことに安堵した。

恒星の確定拠出年金は50%が外国株式、50%は国内株式だ。含み益も500万円程度に達している。通常、男子行員はリスクを取りたがらない。殆ど定期預金や生保で運用しているのが現状だ。恒星からしてみれば信じられない状況だ。絶対に部長クラスの退職金を運用によってカバーする。そんな意気込みである。

毎日のNY市場の動向には絶対目が離せない。外国株式は60%以上が米国株である。日本株も米国株の影響を大きく受ける。ここのところ上昇し続けている。下落局面でもきちんと情報収集しマーケット分析をすれば、焦る必要はない。意外でもないが、主要国の金融政策や市場分析は貸付業務にも役に立つ。ファンダメンタルズはどうか、どのセクターが上昇しているか、どんな産業が今後追い風を受けるのか、ドル円の為替動向はどうか。融資取引先でも原料を輸入している企業もあるのだ。

金利動向の情報も重要だ。米国の長期金利が上昇すれば日本の長期金利もつられて上昇する傾向にある。日銀が公表している上限の0・250%付近まで上昇してきた。これ以上は上がらないはずだ。だとすれば長期プライムレートも現状の１・２５０％から上がらないし、貸出金利も上がらないし、我々の給与も上がらない。

そもそも日本は少子高齢化が先進国の間でもトップを独走しており、そこが大きな問題だ。結婚して家庭をもつこと自体に疑問を持ち、人間がこの世に生を成す、この神秘的な出来事に興味を示さなくなった。自然の営みで栄えてきた人類がこれから途絶えようとしている。これは神への挑戦か。夢を持てない社会にしてしまったことが一番の要因であると恒星は考える。


恒星は帰りにコンビニに寄り、締めのカップ麺とプリンを買った。苦い酒を飲んだ後は甘いものを欲してしまう。

帰宅し、カップ麺とプリンを平らげ、風呂はシャワーで済ました。スマートスピーカーでデルタブルースを聴きながら寝床に就いた。

2

週末になった。一週間の疲れを背負って帰路に就く。単身赴任地の借上げ社宅は、一人の時間であっても半分以上は仕事観が漂っており落ち着かない。一刻も早く脱出するように愛車ヴェゼルのアクセルを踏み込む。加速感が意外とあって面白い。昭和の2000ccクラスのターボ車よりも加速は上だとディーラーから聞いたが、改めてその意味を実感する。グリーン・デイのアルバム『ドゥーキー』のCDをセットし音量を上げると、一気にテンションが上がった。

箱根から東名高速に乗り、自宅まで一時間とちょっと。睡魔と時々闘わなければならないが、自宅へと自分を取り戻すために、その週にあった嫌なことを車内で大声で吐き出しながら目を覚まし帰るのである。だいたい金曜日の晩八時前に自宅にたどり着く。

美穂は「おかえり、お疲れさま」の一言でいつも通り出迎えてくれた。

今日は先に風呂に入ることにした。今晩十時半頃、米国の九月の雇用統計が発表されるのだ。ＣＰＩと同様経済指標のなかで最も注目されている。市場予想を上回るか、下回るかでトレンドが大きく変わっていくケースがあり見逃せない。それによって自身の確定拠出年金を動かすつもりは毛頭ないが、トレンドを摑むためにしっかりチェックする。

非農業部門の雇用者数が前月比で二十六万人増、失業率は３・５％だった。市場予想をやや下回った。明日のＮＹ市場は全く予想がつかない。

疲れも手伝って十時半には寝床に収まってしまった。

翌朝六時半頃、目が覚める。スマホを開き確認する。ＮＹ市場の主要三指数は金融引締めが意識され、揃って大幅に下落していた。美穂の保有している個別銘柄、アップル、スターバックス、エヌビディア、テスラも大きく下落している。元々は美穂の父親から相続した資金６００万円程度で五年前に投資した。４銘柄の評価は最近下落したとは言えトータルで6倍を超している。同じ時期に恒星も父親から相続した資金５００万円程度で投資した個別銘柄、パロアルト・ネットワークス、スクエアもトータルで3倍になっている。当面は保有していくつもりだ。

恒星はインサイダー取引の関係で買付の際、経営企画部へ事後報告が必要であったがその際に、「住宅ローンの残債のある身で投資とは何たることか」と難癖を付けられた。しかし規程違反ではない。顧客でも住宅ローンやマイカーローン、教育ローンなど目的型の借入れがあるケースでも投信は買付可能だ。銀行の金融商品に関するアプローチを、経営を企画・管理する部署でさえ全く理解していない。結局何のお咎めもなく、投資に理解のないものの発言として受け止めた。

恒星の確定拠出年金のパフォーマンスの高さから、美穂も影響され、個人投資家としてのセンチメントも昂ってきている。

「美穂、まだ起きない？」

と、小声で囁いてみる。

「何？　何時？」

と、眠たそうに返される。

「七時、米国株下がってるよ」

「ほんと、残念」

もう少し眠るようだ。

美穂の本職は整理収納のアドバイスとコーチングだ。整理収納アドバイザー一級とコーチングの資格を取り、オンラインで集客している。英検一級も取得しており、外国人の顧客もいるようだ。今年から開業届を出し、まだまだ起業家としては駆出しであり、職業と呼べるには程遠い。妻の夢は整理収納アドバイザーとコーチングの仕事を充実したものにすることと、小説家になることだ。小説家への夢はまだ第一歩も踏み出せていない。あらすじを考えている段階だ。

ベッドのうえでスマホを開き、ドル円や米長期金利、経済ニュース全般を探ってみる。美穂が「コーヒー淹れて」と甘ったるい声で囁く。休日のコーヒーや昼食、もしくは晩のパスタ作りは恒星の担当である。特にパスタは拘りが強く、味は勿論だが見た目の美しさも重視する。

土曜日の朝は仕事の流れでテンションが高いまま早朝に目が覚めることも多く、朝のコーヒーくらいはどうってことない。手動ミルでコーヒー豆を挽き、ドリップに入れ湯を注ぐ。コーヒー粉の膨らみ具合にわずかながら美意識を感じる。自身の夢も少しずつ広がっていくような期待も重ねつつ、毎週、毎回繰り返す。

恒星の夢は、六十代で夫婦の金融資産が1億円に達することと、宇宙旅行を美穂と実現することだ。株式主体で資産運用をすれば必ず成功すると信じて疑わない。過去三十年を振り返っても、米国株のパフォーマンスは7％以上の利回りを確保している。市場関係者の情報は強気なほうに自然と耳が傾く。株価上昇による希望と根拠が同居しており非常に魅力的だ。世界の株式市場は過去の経験則やコロナ禍においても十分企業の成長が裏付けられている。世間で起きる大きな出来事は、マーケットに反映されなければ、それは大きな出来事ではない。マーケットが判断するのだ。時折、マーケットも誤った判断をするが、それは極めて稀であると恒星は考える。

「あー、いい匂い、ありがとう」

美穂がとことこと歩いてきた。

「今日の予定は……」

「今日は、オンラインでお客さんが三人入ってくれてるの。十時から一時間半の予定よ。恒星は？」

「俺は特に何もない。俳句を五句作って明日のたんぽぽの句会に備えることぐらいかな。お昼はパスタ作るから。その食材の買い物には出掛けるけど」

美穂がオンラインでセミナーをするタイミングで駅近のスーパーに行った。お客は土曜日の朝とあってまばらである。ボンゴレビアンコを作るため、リングイネのパスタ、あさりの大とニンニク、イタリアンパセリ、白ワインを買った。

コロナ禍にあって外出機会が減り、趣味のパスタ作りに一層熱が入るようになってきた。動画配信サービスで有名シェフの動画を何度も繰り返し視聴し頭にやきつける。

スーパーから帰宅し、すぐにまた同じ動画を視聴する。料理の下ごしらえや手順だけでなく、仕草もだんだん板についてきたと自負する。あさりをまず洗い、塩水に漬け、片栗粉を入れ、冷蔵庫で保存し三十分程度そのままにしておく。

美穂のオンラインセミナーも終わったようだ。

「今日のパスタは何？」

「ボンゴレビアンコだよ。まあまあ大きめのあさり買ってきた」

「一番得意なやつね」

「そうでもないけど」

少しプレッシャーがかかる。

まずパスタ鍋に水を2リットル入れ沸かす。その間、パスタを二人分で150グラム、塩を1％（20グラム）用意する。ニンニクをホールで2たまをつぶし、フライパンに落とし、オリーブオイルと一緒に入れ中火で熱す。ぐつぐつしだしたら弱火にする。しばらくオイルにニンニクの風味を移し、鷹の爪の種をのけて入れる。いい香りがしてきた。そこへあさりを入れ、強中火にし、白ワインを注入し蓋をする。アルコール分をとばすのだ。

湯が沸いてきた。パスタの表示時間は11分であるが、パスタと塩を入れ、タイマーを6分にセットする。口の開いたあさりを一旦取り出し弱火にする。

パスタ皿とフォーク、スプーン、ワイングラスをテーブルにセットする。その時、タイマー音が鳴った。パスタをフライパンに移し、茹で湯を加え、5分を目途にパスタを混ぜながら煮詰めていく。ここからは動画で見た記憶と勘に任せるのだ。見た目でパスタが柔らかくなってきたら味見をする。少し固めと感じながら、あさりを再び入れ、イタリアンパセリをかけ混ぜ、火を止める。仕上げのオリーブオイルで風味付けをして完成だ。素早く皿に盛り付け、美穂を呼ぶ。

白ワインを注ぎ美穂は超ご機嫌だ。味はともかく、この過程と仕上がった瞬間が悦に入る最高のひと時である。まずは見た目重視だ。今日も綺麗に仕上がった。

目の前に小宇宙が広がる。毎回、皿の上のパスタは恒星の小宇宙だ。皿とフォークが当たる音まで心地いい。白ワインが口の中であさりと調和しながら広がる。平らげる頃には、少し酔ってしまった。食後はルイボスティーを淹れほっと一息だ。

「ルイボスティーを飲むようになって、少し痩せたみたい」

そう言われてそんな気もするが、そこは少し気を使う。

「本当だ。だいぶ痩せたよね」

「ほんと？　うれしい」

「成人式の時の写真からは想像もつかない別人のようだね」

美穂の実家に行った時、成人式の時の写真を見せてもらったことがあった。顔が丸くふっくらしていて笑った記憶が一瞬蘇り言葉を発してしまった。

「もう、その話はやめて」

美穂の顔が急に不機嫌になり、しまったと思ったが、その後すぐに大笑いしたので、こちらもつられて笑ってしまい安堵した。

ルイボスティーで口内を洗い流す。最近の我が家のお決まりのコースだ。

美穂は食器を洗いはじめた。食器と食器が当たる音が心地よく、段々眠たくなってきた。歯を磨き一寝入りすることにした。

気が付けば夕方五時を回っていた。午後の風は幾分涼しさを運んでいるようだ。遅めに軽く晩ご飯を済ませ、外へ出てみる。空気が澄んでいるのが分かり、大きな満月が教会建物の尖塔に少し掛かっている。

明日は午前十時から十二時まで地元町内の公民館で九月の「たんぽぽの句会」がある。毎月第二日曜日に開催され、メンバーは七十代以上の高齢者六人と恒星を含め七人である。一人五句を投句し、点数を入れ意見を交わす俳句会だ。

創作好きな恒星は、近所の八十代の女性に誘われ、七月より参加するようになった。五十代で俳句をするのはこの世界では若手であり、通常は引退後にする道楽だ。現役世代の若手の発想に刺激をうけるらしく、歓迎され、いつもちやほやされる。

月一回の俳句会までに、これから五句作らなければならない。

一時間足らずで五句できた。

尖塔に満月少し掛かりけり

満月や宇宙へ旅と言ふひとも

鱗雲うろこ剝がれることなかれ
柿羊羹ルイボスティーと混ざり合ふ
秋分や本読みおへて本を買ふ

俳句会は会員それぞれが一人六句選句し、うち一句を特選とする。選句は1点、特選句は3点入る。

結果、恒星は合計5点で三位だった。「満月や宇宙へ旅と言ふひとも」が特選一つを含め6点、「秋分や本読みおへて本を買ふ」が2点、「柿羊羹ルイボスティーと混ざり合ふ」が1点であった。その日最も点数を集めたのは、俳名「ミモザ」さんの「秋遍路わずかに前にのめり行く」で、特選句が三人と選句二人、合計11点だった。

恒星は「柿羊羹ルイボスティーと混ざり合ふ」を試しに全国紙に投句してみた。翌週の土曜日に選句され掲載されたのであった。「たんぽぽの句会」重鎮の俳名「未知鳴《みちなり》」さんが言うには、ルイボスティーとの組み合わせが新鮮だったのだろうということだった。

「ところでルイボスティーとは何？」と問われた。

結局俳句は選句する人の好みであり、作る側の自己満足の世界である。投句する人の数だけ小さな宇宙がある。星や月のような宇宙に係る季語も多く存在するのだ。日々の体験や空想、虚構のなかで作られている。それを発表し合い楽しんでいるのだ。恒星の小さな喜びであり楽しみでもあった。

十月、十一月の「たんぽぽの句会」は、コロナの影響を心配して中止したいという「未知鳴」さんの提案に皆同意した。高齢者の集まりに気遣った心ばえが見えた。

句会の雑談のなかで「未知鳴」さんに聞かれた。

「政府はコロナ対策資金で5兆円出すとか言っているけど、政府は相当お金を持っているんだね」

「いやいや、あれは国債を発行して資金手当するんです。要するに殆ど国の借金で賄われるんです」

と、恒星はすぐに返した。「未知鳴」さんはなぜか不思議がっていた。

日本は借金大国でデフレ経済が三十年以上も続いており、一向に景気が良くなっていないということを高齢者は理解していないようだ。先進国のなかで勢いのある国が日本であるというのは遠い過去の話であることを理解していないのだ。なぜ借金大国になってしまったのかは、政府も国民に理解してほしいところであるはずなのだが、特にそれを高齢者に求めるのは難しそうだ。安心、安全、長寿大国であるこの国を発展させてきたのは、今の高齢者だ。戦後の高度成長を支えてきた人達に感謝もしなければいけない話ではあるのだが。それを考えると話は益々ややこしくなるので、

「また景気も良くなって、定期預金の金利も3％以上になって利息を受け取るのも楽しみな社会になればいいですけどね」

と、お茶を濁した。

「そんな日がくるでしょうかね」

と、「ミモザ」さんが言ってお開きとなった。

3

十一月に入り、冬の気配を感じるようになってきた。十月は比較的雨も多かったせいか、

秋を感じたのはほんの数日間であったように思う。コロナの影響も収まりつつあり、来店客数も増えてきている。

毎日、朝一の渉外ミーティングから一日が始まり、日中まわってくる預金や貸付勘定の伝票の検印、為替の検証、投資信託の買付、売却、融資先の資産査定、融資稟議の検証と、なぜか十月に比べ慌しくなってきた。貸付担当役席は五十八歳と恒星より一歳年上だが、定年が近づいておりやる気は萎えている。その分、恒星の肩に大きく圧し掛かってくる。貸付係の森沢吉雄が几帳面でしっかりしており、彼がいるから助かっているのだ。

森沢はバタバタと毎日が過ぎ、今日も昼食は取っていない。偶々忙しくて昼食を取らないのではなく、森沢は毎日、最初から昼食は取らない体《てい》で出勤している。彼にとって平日の昼食時間は最初から存在していないのだ。

今日は森沢には午後からＷｅｂ研修が入っている。コロナ禍で行内の研修は殆どが本部集合研修からＷｅｂ研修となった。専用のＰＣの前に座り、半日オンラインで受けるのである。

今日は行員自身に向けた「健康経営」に関する研修だった。行員の健康管理が業務の効率性を高めて生産性を上げていくという内容のもので、上場企業には健康チェックなるものが定期的に行われるよう厚生労働省から義務付けられている。森沢は昼食抜きで「健康経営」の研修を受けている。傍から見て、何が健康経営だ、そのうち身体壊すぞっ、と思ってしまう。

そもそもメシを食うために我々は働いているのだ。だがこれほど、昼食を取る時間がないのは銀行くらいのものではないかと思う。何が〝ワークライフバランス〟だ。仕事に追われまくり、プライベートな時間も仕事のことで頭がいっぱいの行員が殆どだ。なんて銀行は過酷な職場環境だ。健康管理には余程気を使わねばならないと思うところだが、そんな気さえも失せそうになる。

「お先に失礼します」

と、最初に発し退行していったのは、夫と子どものいる桜木尚子で6時半であった。

「お疲れさまでした」

と、毎日同じ言葉をかけるしかないのだが、これからおそらく彼女は幼子を保育園に迎えに行き、夕飯の準備をしなければならない。夫もたぶん手伝ってくれるであろうが（それを期待したい）、更に外貨建て生保の資格取得に向けて勉強もしなければならないのだ。恒星よりも過酷な日々が続いている。

「お疲れさま」のあとに「尊敬してます」と心中で付け加えた。

十一月半ば以降、物価水準は落ち着いてきており、ＦＲＢの利上げペースは鈍化するとの思惑から長期金利は低下し、ドル円も少し円高方向に振れた。ＮＹ市場も少し上昇している。世界ＲＥＩＴは円安の要因が根強く堅調だ。出遅れているのは日本株だけである。原油や原材料価格の高騰、円安が痛手となって企業業績の重しとなっているようだ。

恒星は確定拠出年金のポートフォリオを見直すことにした。日本人だけに日本株に期待したいところだが、日本株は10％、コモディティを５％、世界ＲＥＩＴを５％、あとは80％を外国株式に組み替えた。

自分だけの宇宙だ。他人には公表しない自分だけの世界。これでしばらく様子を見てみることにしよう。

朝、開店直後、安岡が相談にきた。

「アメリカの長期金利は少し落ち着いてきましたけど、まだ３・７００％ほどで推移してます。これから年末にかけ、アメリカの外貨建ての生保がいいと思いますけど、どう思います？」

　普通の感覚であれば誰でも思いつく単純な発想だ。だがそれをすぐに肌感覚で捉える行員は少ない。

　十一月末日には十二月前半の外貨建ての積立金利が発表される。米国外貨建て生保の金利もおそらく同水準で維持されるだろう。10年固定の金利だから、1000万円で為替水準が同じであれば、毎年年末頃には37万円の利息収入が得られる。お歳暮や孫のお年玉など、年末年始には何かとお金がかかる。終身保険であり、生きている限り利息をもらい続けるのだ。どんなに身体が重症化し管に繋がれた状態で意識がなくなっていても、生きている限り利息収入は得られる。しかも外貨ベースでは元本は確保されている。法定相続人一人当たり500万円までは相続税の非課税枠の対象にもなる。このことを殆どの世間の人達は知らない。定期預金金利は0・02％と低過ぎる状態で長期間経過し、文句を言う顧客は存在しなくなった。

「もちろん、いいと思うよ。年末に向けて何かとお金を用意しなければならない時期だし。高齢者への説明は大変だけど。特に投信は高値掴みになる可能性もあるしね。リスクを取れる人はいいけど」

「そうですよね。私も今は生保の時期だと思います。何か窓口で情報があったら教えて下さいね」

「もちろん。いざとなったら同行するし、来店されることがあったら同席するよ」

恒星は顧客の資産運用のために心の底から外貨への資産分散は有効だと考えている。やはり資産は海外に分散させるべきだ。

翌日の十一時頃、電話が入った。桜木尚子が出て「『大口定期の金利、どれくらい付けてくれるか』って言ってます」とのことだった。ご高齢の女性の方だと思います」とのことだった。恒星が電話を代わる。

「お電話代わりました。弘田と申します。お電話していただきありがとうございます。大変恐縮なんですが、当行でお取引はございますでしょうか?」

大口定期の金利といってもせいぜい付けることができて0・1%程度だ。2000万円で純新規の顧客であり、金利に拘っているようだ。おそらく転々と銀行を渡っているのだろうと推測する。

「取引はないです。佐々木明子と申します」

「金利は0・1%くらいが精一杯だと思います」

「あー、そうなの。低いわねー。昔はもっとどこの銀行も高かったのよ。どうしてこうも金利って下がり続けるの？」

「今お取引の銀行の金利はどれくらいですか」

「それは言えないわ」

金利に相当不満な雰囲気を感じた恒星はすぐに返す。

「どこの銀行も今は凄く低いですよ。でもいずれにせよ1%を切る超低金利でしょ。0・1%であろうが0・12%であろうが些細なものです。いま時、わずかな金利で色んな銀行に交渉して移す。そんな時代じゃないですよ。時間も勿体ないし移動の交通費もバカにならない。それだったらもっと金利の高い外貨建ての生保があります。ご存じですか」

佐々木明子は相当強い口調で仕掛けてきたが、恒星は金融商品への取り組みの熱い思いや微々たる金利に拘る顧客に半分怒りも加わって、ついつい熱く語ってしまった。

「投信はいやよ。前に大損したから」

こういう顧客には最適だ。

「投信ではありません。外貨ベースではありますが、元本確保型の生保です」

「なんですか、それは」

「外貨建ての生保で金利が比較的高く、毎年利息をもらうこともできる商品です。電話ではなかなか説明することは難しいです。よろしければ一度ご来店していただければいいのですが」

「あっそう。気が向いたら行くわ」

と、あっさり返され電話を切られた。


安岡代理に洗いざらい報告した。

「純新規のお客さんで、電話で話をされてから当行に来店されるケースはなかなかないんじゃないですか。もし来店されて、私がいれば呼んでください」

恒星も表では来店は期待していない。だが心の底で、もしかしたら、という僅かな期待も密かに持ち合わせていた。よし分かった、と返しその日を終えた。


三営業日後、安岡代理が外訪中に佐々木明子は来店した。突然の来店に驚く暇もなく、恒星は反射的に窓口に駆け寄った。

「ようこそご来店いただきました。ありがとうございます。改めまして弘田と申します」

「あなたが弘田さん。ちょっと近くを通ったので、気になってお話聞きに来たわ」

「まあ、どうぞ、どうぞ」

　恒星は自信満々で応接室に通す。

「今はどこの銀行も超低金利です。1000万円の大口定期で、おそらく既存のお客様であれば、金利は0・08％から0・09％というところでしょう。0・08％だとしたら利息は8千円で、更に約20・315％の税金を取られます。手取りは5600円程度になるでしょう。銀行員が言うのも何なんですが、預金金利なんて低過ぎて話になりません」

　恒星はいきなり本題に入った。時候の挨拶なんて不要だ。こういうハッキリものを言う顧客にはストレートにぶつけるほうが望ましい。会話のなかで単刀直入に質問しなければならないことも多くあるし、お互いクイックでキャッチボールをするのだ、と思いながら接していった。

　確かに佐々木明子は何でも単刀直入に話す雰囲気であり、目は真剣そのものだった。

「では、どんないいものがあるの？」

「外貨建ての生命保険です。そもそものお金は、将来お使いの予定はありますか」

「ないけど。だから少しでも金利の高いほうが良いと思って」

「ご家族は？」

「私、一人暮らしなの。三年前に夫が亡くなって。子供は二人、孫は五人いるのよ。正月に揃うと賑やか過ぎて頭が痛くなるほどよ。毎年帰ってくるの」

その時は多少嬉しく語ってくれた。相続預金もある程度ありそうだ。

「相続税対策もある程度考えなくちゃいけないんじゃないですか。金融資産だけでもいいんですが、どれくらいお持ちですか」

「5000万円くらいかしら」

「相続の基礎控除は3000万円プラス法定相続人一人当たり600万円です。それ以上お持ちだと相続税がかかりますが、私どもが提案する運用型の生保であれば、法定相続人一人につき500万円までは非課税枠に逃がすことができます。二人お子さんがいらっしゃいますから1000万円は生保に移行したほうがいいと思いますよ」

「そうなの。このままだと相続税がかかりそうなのね」

「相続資産には預金だけでなく株式などの有価証券、土地や建物も含まれますから」

「え、そうなの。そしたら相続税、かかってしまうわ」

「外貨建ての生保がいいと思います。米ドル建てで、円換算でお受取人はお子さんに500万円ずつで1000万円の終身保険です。金利は今月後半では3・750%です。10年固定ですから、為替水準が同じであれば毎年この時期に37万5千円入ります。10年だと375万円になります」

「えー、そんなに。またお金が増えるわね」

「パーッと使えばいいんですよ。毎年、年末年始ってお金要るでしょ。お年玉とか。温泉でもみなさんで行かれたらどうですか」

段々乗り気になってきた。熱い方にはこっちも熱くなってしまう。

具体的な設計書を作るための同意書を頂いて、今日は普通預金のみを開設して帰っていった。年齢は七十三歳であった。安岡代理に二度目の報告をした。


その日は比較的早く仕事を終えて帰宅し、パスタを作ることにした。

まずタマネギの四分の一を繊維を断ち切るようにカットし、その後みじん切りにして、オリーブオイルで軽く炒める。きつね色に色づく少し手前のタイミングでトマトホール缶のトマトを入れ、弱火で十分程度煮込む。これだけでトマトソースの完成だ。これで三〜

四人分は確保できる。

　湯を沸かす間、ニンニクを細かく刻み、フライパンに入れ、オリーブオイルで軽く炒め香り付けする。いつもながら2リットルの湯に20グラムの塩を入れ、パスタを落とし、タイマーを六分四十秒にセットする。鷹の爪を中の種ごと細かく千切りながら入れ、適当にトマトソースを入れ一緒に混ぜる。茹で湯を入れ、水分を調整しながら弱火で適時混ぜ、濃淡を見ながら均等に仕上げていく。

　タイマー音が鳴り響いた。パスタを一気にフライパンに移しサッと混ぜて皿に盛り、アラビアータの完成だ。トマトソースのなかに細かいタマネギが光り綺麗に仕上がった。恒星の小宇宙だ。熱いうちにフォークだけでパスタを巻き、一気に口に放り込む。熱い。熱過ぎる。トマトとタマネギの甘さと鷹の爪の辛さと熱さが口の中で喧嘩し合うが、そのうちに調和しだし美味へと動きだす。口の中でも小宇宙が存在している。

　グラス一杯の赤ワインを口の中に流しながら食べるが、早くもすっかり酔ってしまった。天井を見たらくるくると目が回りだした。ルイボスティーで口の中を洗い流す。少し温めの風呂に長く入り、その日は早く寝床に就いた。

翌日、窓口の桜木尚子から報告があった。

「佐々木さんの口座に振り込みがありました。2000万円です。他行は金利0・1%も付けてませんね。0・08%ですね。端数が12750円でした」

利息は預金利子税20・315%の税引き後の金額であった。

十二月第一週目の金曜日の出来事だ。今月前半の米国ドル建て生保の金利は3・800%だ、先月よりも少し上がっている。ドル円は135円台と少し円高に振れていた。既に安岡代理が設計書を作成している。恒星が電話でアポを取る。来週月曜日午前十一時半に来店してくれることとなった。丁度いい時刻だ。その日のドル円の為替レートが示される時間だ。

翌週の月曜日、予定時刻より二十分ほど早く佐々木明子は来店した。幾分慣れた様子で、何年も取引のあるような面持ちで応接室の方向に進んできた。素早く挨拶をし、応接室に招き入れる。安岡と初対面する。丁寧に名刺を差出し、佐々木明子に先に座ってもらい、あとに続いた。

世間的な前話はせず、すぐに本題に入った。幾分せっかちな性格は分かっており、そのほうが、ある面こっちも楽である。

適度な緊張感に包まれながら、安岡の説明は進んでいった。希望すると思われる商品を三つ用意し、それぞれの特徴を述べ理解度を確認しながら、恒星もその様子を見守った。どの商品も基本的には同じで、為替レートや金利が微妙に違う。佐々木明子は一番金利で優位な商品を選択した。そのほうが賢明だと恒星も思う。為替の水準を十年占っても分からないし、現時点では微々たる違いである。金利で優位な状況は明らかで、十年間、固定金利が続くのだ。

結局、金利は3・800％であった。ドル円は134円だった。円高に少し振れていたのは有利だった。毎年為替水準が同じであれば38万円入ってくる。十年で380万円だ。定期預金がいかにあほらしいかが身に沁みて感じられる。

「佐々木さん、十分理解されました？」

「よく勉強になったわ。前の銀行は何も言ってくれなかったの」

おそらく金利に拘り過ぎて行員も敬遠していたのだろう。

「途中解約だけは気をつけて下さいね。十年以内では費用を引かれて目減りしますし、十年たっても市場金利の動向によって元本も左右され影響を受けます」

「分かりましたよ。終身だから途中解約する気は全然ないわ」

一通り契約書や振り込み用紙ほかもろもろの記入手続きを終え、和やかな雰囲気に落ち着いてきた。1000万円を生保で契約し、残りの1000万円は大口定期預金で金利を0・09%付け、満足そうに支店をあとにした。

これから佐々木明子の小宇宙が始まっていく。明るい人生を送り、次世代へ受け継がれていくことを願い、その姿を少し想像しながら自分の席に戻った。

資産査定の資料、融資稟議の書類が山積みされていた。まず為替伝票の検印を済ませ、資産査定を形式的に済ます。ひっきりなしに預金や為替の伝票がまわってくる。月初の報告物の期限も迫ってきている。今日は昼食は取れそうにない。融資稟議の本部決裁権限は恒星の担当だ。より慎重に見なければならない。

あっという間に三時が過ぎ、勘定締め上げの時間帯に移っていく。融資稟議を見るのは四時半頃になるだろう。実行予定日は幸い遅く月末で多少余裕がある。落ち着けと自分に言い聞かせてみる。その日の勘定締め上げは順調に行われ、予想通り四時半に終え、融資稟議の検証に入ることができた。

4

その日まわってきた融資稟議は、温泉水と地下水を融合させその水を利用した豆腐の製造を主体とする食品メーカー、株式会社はこね豆腐に対する案件だ。豆腐を主力としながらも、最近ではフルビーガン対応が奏功し、健康に意識の高い人やアスリートからも幅広い支持を集めている。

増収基調で利益も順調に推移している。直近の決算で売上高は4億5000万円、減価償却5300万円　実施後純利益は1500万円だ。役員報酬を夫婦二名で3600万円取っており、多少ではあるが増加していっている。銀行独自の実態的な財務内容を修正したもので、自己資本比率は30％維持されているが、借入金は増加傾向にある。それでも増収推移を考えれば問題ない範囲だろう。ただ利益は横ばいだ。

三代目の小倉社長は三十三歳と若く、斬新なアイデアや現代的なパッケージデザインにより評判は良好だ。社長自らの営業力もあって伸長しており、地元では名の知れた企業である。今回は渉外担当による売り込みで長期資金5000万円の申込みがあったのだ。

でもちょっと違和感がある。まず借入金は増収に伴い増加傾向にあるが、利益が横ばいということは、少し無理をして販売しているのだろう。粗利益率は年々減少している。実質的には減益に近い感がある。この規模にして役員報酬は二名で取り過ぎだ。それだけ得なければならない何か理由があるのか。

取引銀行は全部で五行。メイン銀行が今一つはっきりしていないことも難点だ。借入返済を含め資金繰りは少しタイトであり、資金繰りのための運転資金だろう。今の当行の残債3200万円は事前に一括返済するという。

今回も金利面にはさほどうるさくなく1・80%で3年固定金利、十年返済である。それを考えれば当行の採算は取れ、こちらは本部交渉の際、楽でありがたい話でもあるのだが、もう少し金利にうるさくてもよさそうだ。少し全体的に高い感は否めない。増収推移で業績もまずまずなところから、資金も必要としており借入れできるところには友好姿勢であることが分かる。

恒星はすぐにアイデアが浮かんだ。直近の銀行取引一覧表を見て、短期資金枠が東洋開発銀行で3000万円しかなく、枠内利用はわずか1000万円だ。金利は1・6%でこれもちょっと高い。財務内容から見て、これくらいの規模の会社であれば1億円の運転資金枠があって当然のことのように思う。

今の金融庁のガイダンスから、運転資金枠は使いっぱなしでコロガし続け中小企業の資金繰りを楽にするようにとのことが謳われている。どこの銀行も増収推移で、金利にもうるさくなく交渉が楽で、ある程度融資提案にも応えてくれる分、長期資金を簡単に導入している感がある。金融庁のガイダンスをあまり理解していないのだろう。ここは絶対、短期資金だ。現状の当行の長期資金は維持だ。

担当者のリョウと支店長に声をかけ、応接室で協議することにした。

「はこね豆腐の件だ。絶好調だな、リョウ。いい話摑んでくるな。ちょっと確認したい点があるんだがいいか」

「はい、いいですよ」

「はこね豆腐、反復のいつもの融資と思うが、少し気になる点がある」

「どうぞ何でも仰って下さい」

「役員報酬が多いが、あの若手社長は派手なのか。車はどんなの乗っている？」

「はい、弘田次長のお察しの通り派手ですね。小倉社長の車はドイツの高級セダンです。

奥さんは国産高級車のセダンだったと思います。社長のほうは最新モデルで最近買い替えました。ご自宅も温泉付きで豪邸です」

「住宅ローンはどこで組んでいる？」

「東洋開発銀行だと思います」

「そうか」

「趣味は」

「ゴルフがお好きなようです。青年会の付き合いもあるんじゃないですかねー」

「そうか。若手経営者だから、いい恰好はある程度必要かも知れんが、増収の割には利益が上がっていない。ある程度工場の設備投資もしており、借入金も増加傾向にある。資金繰りも年々タイトになってきているが、大丈夫か」

「はい、取引銀行が五行もあり、どこの銀行も資金使ってくれるもんですから、どんどん融資セールスに来ています。どこもある程度シェアは確保したいようです。私も、今はいいかも知れませんが、いずれ資金繰りに困ってくることも想定されると思います」

支店長が決算書を見ながら口を開いた。

「金利は支払利息から見て少し高いように思うが、何も言わないのか」

「はい。特に何も言われずお任せです」

「メイン銀行がぼやけて分かりづらいが、どこだ」

「融資金はほぼ同じですから、当座預金の決済がある東洋開発銀行だと思います。ほかはサブ行横並びですから準メインは分かりませんね。社長もそんな意識はないと思います」

支店長も考えることは同じだった。

ここで恒星が切り出した。

「どこの銀行も定期的に資金繰り資金として同じ提案に躍起だ。どれが設備資金でどれが長期運転資金か分からないけど、恐らく設備資金は東洋開発銀行が対応しているんだろう」

銀行取引表の各行の借入状況を確認している。決算内容が三期分表記された銀行独自の帳票を見ながら続けて指摘した。

「支払サイトは1・2か月程度で変わらないが、それに比べ売掛サイトが1・5か月から2・5か月ほどに長期化しているな。これはどういうことか?」

「支払サイトは末締め二十日決済で確かに変わりません。売掛サイトは通常、末締め翌月末日入金なんですが、最近は店側の顧客のキャッシュレス決済が増えてきており、一部の業者からは入金も遅くなってきたようです。ビーガン食としてのヨーロッパへの輸出も増えているようなんですよ」

「一部回収条件や販売先が変わってきたということか」

「はい。そのしわ寄せがきているようです」

「ここは短期運転資金枠での対応がいいと思う。正常的な運転資金として計算し1億円といきたいところだが、無担保であり、まずは5000万円だ。それと既存の長期借入金は現状維持だ。返さなくていい」

と、恒星は提案した。支店長も同意した。

「そんなに、一気に融資額増えるけど本部のほうは大丈夫ですか」

五十嵐リョウは驚きを隠さずストレートに返した。

「増収基調だし、必要運転資金は増えていっているだろう。銀行として資金繰りを支えることは当然の取組みだ。支店長と俺が意見書を落とし込めば大丈夫だ。心配するな。金融庁のガイドラインでは資金繰りが落ち着くまでコロガシでいいスタンスだ。むしろそうすべきだ。その代わり派手な生活を少し改めさせろ。担当者が自分の意見としてしっかり社長に言え。支店長、いいですよね」

「そうだな。短期運転資金対応でいいだろう。どこの銀行も実質やっていない。昔はコロガシは禁物だった。前の名残があるんだろう。リョウの経営指導の役割は大きいぞ。歳も近いだろ。コミュニケーションは取りやすいはずだ。今回、短期運転資金枠の金利は1・3%だ。今の世間の水準でこの企業からしてみれば現状は高すぎる。それと住宅ローンも肩代わりしろ。どうせ、金利も低く交渉できていないはずだ。低金利で提案し、十分メリットが出るように組み立ててみろ」

支店長は熱く告げた。

五十嵐リョウは再び驚いた。

「え、いいんですか。東洋開発銀行の逆襲が怖くないんですか?」

「都銀だから、シェアアップしたり住宅ローンの肩代わりくらいでは何もしてこないって。心配しなくていいから」

「支店長が言うんだから心配いらないって」

と、恒星が続く。

「他行との差別化を図り、はこね豆腐を健全な企業に成長させろ。少し粗利率自体も低下している。薄利多売で頑張り過ぎている側面もチラリと見える。販路の見直しや商品パッケージ、健康ブームに乗った味の点検も重要だぞ。リョウは、はこね豆腐の冷奴でも食べたことがあるのか」

支店長の鋭い意見が入った。

「いいえ、ありません」

「担当者がその会社の商品を一度も食ったこともないのか。それは何事や。今度買ってこい。それから稟議書を書く前に事業性評価を見直せ。企業の中身を知るチャンスだ。フルビーガン対応が今後どのように進展していくのか。新たな商品開発にはどんな構想があるのか。最近ではアスリートの食事管理もビーガン対応が増えていっている。特に海外では当たり前のようにビーガン専門の食材店やレストランも存在しているんだ。豆腐の加工食品は需要が増えていっているイメージがあるだろう。そこをできるだけ詳しくヒアリングしてこい。自分でも予め調べたうえで行くんだぞ」

「はい、分かりました」

五十嵐リョウのマスク越しに笑みが透けて見えた。

「事業性評価表」がまず恒星に回ってきた。フルビーガンの需要は、最近ではやはりアスリート向けが多いようだ。あるヨーロッパのサッカークラブでは、栄養学から研究が進み、ビーガン食が増えていっているとのことである。フィジカル、メンタルを突き詰めていくうちに食事の重要性が明らかになっていったそうだ。

アスリートは通常、タンパク質やカルシウムなどを摂るために肉類や乳製品をよく食べるイメージが強いのだが、食べないアスリートが増えているそうだ。ビーガン食に移行したアスリートで、持久力、俊敏性、怪我の予防、発想力が高まるデータも残されているという。データ活用の時代であり、効果は目に見えるものがあるらしい。

今ある商品は、豆腐を少し硬めに加工し焼き目を付けてバンズを作りトマトやサニーレタス、アボカドにケチャップをかけて挟んだ「豆腐バーガー」や、豆腐を柔らかいまま生地にしチョコレートやアーモンド、苺などをはさんだスイーツ、パンケーキ風に仕立てるなど様々なアイデアが商品化されている。豆腐の水分を抜き焼き目を付けたものは食事用に取り入れられている。国内での実績は今ひとつだが欧米向けの輸出が成果を出し始めた。〝ＨＡＫＯＮＥ〟と海外向けに成されたパッケージは、海外の観光客の影響で認知度も高くブランド化されつつある。今後は東南アジアにも販売網を広げたい考えがあるそうだ。リョウの事業性評価はよくできていた。

結局、五十嵐リョウの提案により、短期運転資金枠5000万円の設定と枠内はフルに実行してくれた。住宅ローンの肩代わりは1億5000万円成立した。住宅ローンの金利は10年固定2・9%から5年固定0・7%に引き上げて肩代わりすることができた。小倉社長も大満足だったらしい。

「リョウ、これで終わりじゃないぞ。これから始まりだ。四半期ごとには試算表をもらい業績推移を確認するんだ。会社の雰囲気も都度見ていくことも忘れるな」

「はい。分かりました」

と、リョウは元気に返した。

5

十二月に入り急激に寒くなってきた。空気そのものが肌を刺す針のように感じられる。

新型コロナオミクロン株の感染が拡大していっている。

十二月も「たんぽぽの句会」はコロナ感染を警戒し中止するとの知らせが入った。

インフレの勢いは若干落ち着いてきたが、ＦＲＢのパウエル議長のタカ派的な発言もあり、景気後退が意識され、ＮＹ市場も冬の嵐が吹き荒れている。当店顧客の保有投信の基準価格も大幅に下落していっている。アメリカの経済はコロナ前を上回り好調とはいえ、利上げ、原油高、原材料価格の高騰により先行きの不透明感は拭いきれない。今年の年末から来年後半までの投資スタンスは非常に難しい。恒星の確定拠出年金は既に９００万円程度の利益が出ているが、リスクオフすべきか迷っていた。

安岡が相談にきた。

「相場が荒い値動きになってきましたね。投信のアフターフォローは当面していかなくちゃいけませんし、難しい局面ですね」

「投信は基本的には長期保有だから、様子見姿勢でいいと思う。リスクを取れる方には、米国の株式投信は買い場だと思う。過去を振り返り下落局面が続いても必ず上昇を繰り返しているから」

安岡は困惑してはいない。身近な人間の情報が欲しいだけだ。彼女の確定拠出年金は１

００％外国株式だ。日本株には興味がないと言う。

「そうですね。経済指標は堅調だし、年末ラリーで毎年二十日過ぎまでは、上がり基調ですもんね。その前の一時的な調整ですよね。クリスマスの時期を過ぎれば年末ムードで市場参加者も減り、殆ど動かなくなりますもんね」

「そうだな。こういう時ほど投信は買いで、今まで経験のない方にはお勧めだと思うけどな。下がった時はさっきも言ったように、買いだ。今まで声をかけてきて駄目だった新規のお客さんに再度提案するいいチャンスだ。まとまった資金がなければ、積立投信でもいい。最近俺も積立投信解約したけど、月々５千円で10万円貯まり、利益は４万４千円出てたぞ。凄くないか」

「それはコロナショックで下落もあったし、その後は一本調子で上がってましたからね。十分ありえますよ。でもどうでしょう。今後を読み解くうえで、中短期的には本当に難しいですよね」

　確かに安岡の言う通りだ。来年以降を読み解くのは難しい。市場関係者でも意見が分かれるところであり、強気派の市場関係者はあまりメディアに出なくなったと感じる。恒星もハッキリとは展望を語れず、自分の発言にも矛盾を感じている。

「そうだな、特に来年以降マーケットを読み解くのは相当難しい。ＦＲＢもタカ派姿勢は変わらないし。円安は更に進みそうだし、外国株の投信が有利だと思うけどな。年明けの企業決算も注目だ。日本株のほうは当面、原油高、資源価格の高騰で来期以降も業績は厳しそうだ」

「そうですね。一定の円安効果はあるかも知れないんですが、日本株は基本的に米国株の影響で大きく振られるし、余計に厳しそうですね。私は誰にも勧めませんよ、日本株の投信は。自分の年金もポートフォリオに全然入れてませんし」

安岡は世界のマーケットを他人事ではなく自分事として捉えている。当然ながら彼女の老後資金の資産形成に大きく影響を与えるからだ。世界の中央銀行の金融政策や政府の財政政策、経済指標や企業決算に自然と意識が向いていく。

実は恒星は、安岡とマーケットの話をするのが趣味と言っていいほど面白く、最高のひとときでもあるのだ。仕事中とは言え、仕事の話であり、自分事の話でもある。後方で支店長も聞いている感があるが、何を言い合っているのか殆ど理解できていないであろう。自身の確定拠出年金を全額定期預金で運用している方だ。投資は自己判断であり自己責任だ。特に気にはしない。

そもそも日本政府は国民に優しい。先進国のなかでも少子高齢化が進んでいるとは言え、社会保障費に占める割合は突出している。特に高齢者に優しいのだ。

国債の発行額、いわゆる国の借金は増え続けている。そもそも国の借金の増加は高齢者への社会保障費が一番大きく、年間40兆円を要しているのだ。国債の返済を含め70兆円程度必要であり、国の借金は増え続けているのである。税収は55兆円程度だから大きな差がある。財政収支の黒字化は果たして経済成長で本当に可能なのだろうかと単純に思ってしまう。この借金返済は我々の次の世代が受け継ぐのだろう。日本を経済成長させてきた世代である高齢者に対し大きな負担がかかっているのは皮肉な話でもある。

いずれ増税は避けては通れない道だと思う。現時点で消費税を上げれば保守党の政治家達はみな職を失う。高齢者に寄り添うしかないのだ。若者はそもそも選挙に興味がなく投票に行かない。

日本政府は国民を守り過ぎだ。日本総国民、総過保護かも知れない。日銀も同様だ。延々と出口の見えない金融緩和を続けている。長期金利は限りなく0％付近でコントロールし企業を支え続ける。日本株も東京市場の下落局面では透かさず買いを入れ、相場を支える。官製相場は企業の成長を妨げる。日銀が大株主となっている企業は10社以上あり、日本人の競争意識はそぎ落とされ成長していかないのが現状だ。もっと自由に市場に任せればいいと思うのだが。何のイノベーションも起こらないしスタートアップ企業も極めて少ない。海外投資家は日本を見ていない。逆に日本人の投資家は米国株式に投資を増やしている。益々日本社会全体が萎んでいくのが目に見えている。日本人は日本人でありながら日本国の体質から独立していかなければならない。政府のせいにしてはいけないのだ。いつになったら財政収支は黒字になるのか。いつまで日銀の低金利政策が続くのか。政府や日銀に期待をしてはいけないのだ。政府も日銀も、日本を守るには限界がある。

最近、債券安、通貨安、株安のトリプル安が同時に起こったとマスコミは騒ぎ立てた。たった一日起こっただけで騒ぐほうもどうかしているが、将来本格的に起こっても不思議ではない。むしろその可能性は高いように思う。そのためには資産は国内のみに収めるのではなく、海外に分散させるべきだ。グローバルな金融市場では個人でも簡単にそれができる時代だ。それをやるしかない。

安岡が昼に外回りから帰ってきた。投信が300万円で新規のお客さんから獲得できたそうだ。インデックス型の米国主体の株式投信だ。

「どんなお客さん？」

「投資からはしばらく遠ざかっていた方よ」

「ＮＩＳＡの開設はしなかったのか」

「ＮＩＳＡは証券会社で持っているらしいの。移行も無理だったわ。過去の下落局面からデータを用いて説明していたら買付けするって言ってくれたの。日頃から、下がった時は買いよって声をかけてあったし、やってくれて良かったわ」

「投信でも個別銘柄でも、下がった時をうまく拾えば、儲かる可能性は大きいよな」

何も難しい話ではなく、やはりこれでいいのだ。調子がいい時ほど心理的には買付けしたくなるのが本能であるが、実は逆のパターンのほうが圧倒的に利益が出る可能性が高い。下落局面ほど不安心理が高まり、殆どの人はリスクを取りたがらないケースが多いのだ。投資初心者でも経験豊富な人でもそういう傾向にある。結局、上がるも下がるも投資家心理によるところが大きい。皆、心理で売り買いするのだ。

「そうですね。日頃のコミュニケーションも大事ですね」

「これからもアメリカの株式は乱高下すると思うが、長期投資という意味から考えればばいいと思うよ。投信は基本的には長期保有だ。来年のマーケットを読み解くのは難しいが、三年から五年のサイクルで長期的に保有してリスクを取れる方は全然ＯＫだよ。年二回の決算か。楽しみだな」

「はい。またアフターフォローもしていきますよ」

下期に入り、外貨建て生保、投信、積立投信など金融商品は全般的に調子がいい。支店長も上機嫌だ。

一方で最近、残業手当抑制のため早期退行を命じられるようになった。今日も早く帰るのだ。昼食を抜いてでも早く帰る。そんな日々が続いている。

帰りにコンビニへ寄ってみることにした。レジ待ちはオミクロン株の影響で等間隔に並んでいる。晩飯をどうしようかと迷っているうちに先にプリンが食べたくなった。プリンだけでは格好悪いし腹がはらない。今日はカルボナーラを作ることにし、卵ひとパックとパルメザンチーズ、生クリームを買った。余りそうな卵は週末家に持って帰ればいい。

グアンチャーレを薄くカットしオリーブオイルを入れ、中弱火で炒める。湯が沸いてきた。タイマーを表示時間通り七分間にセットしパスタを注入する。今回は１・６ミリのパスタを茹でるのだ。フライパンに、生クリームと卵黄とパルメザンチーズを入れかき混ぜる。茹で汁で少し水分を調整する。ソースはこれだけで仕上がった。

タイマー音が鳴る。パスタを鍋からフライパンに移し数回かき混ぜ皿に移す。黒コショウをふり掛け完成だ。手際よさと完成したパスタの出来の美しさをスマホの写真に収めた。小宇宙が仕上がった。ちょっと水分が足りなかったことに反省が残るが、そこは赤ワインと一緒に水に流す。結局まあまあの出来だと着地させた。食後にはプリンとルイボスティーを口の中で混ざり合わせ満足した。

少し休むことにした。赤ワインをグラス一杯で酔いは急激にまわってしまい、うとうとしてきた。スマホバーチャルアシスタントに九時に起こしてもらうよう頼んで寝ることにした。目が覚めたのは十時半だった。やばいと思った瞬間だったが同時に少し疲れも取れたように感じられ、結果的には良かったのだが。

スマートスピーカーでジョニ・ミッチェルの曲を頼んでみる。「Blue」がかかりだした。ベランダに出て外の空気を吸ってみた。冬の青白い月が平然としている。しばらくの間、音と月の光の空間に包まれ〝無〟になった。

入浴後、ＮＹの株式市場を確認する。順調に上がっている。この調子で堅調に推移することを祈りながら寝床に就いた。

翌朝五時四十五分に起きてBSの経済ニュースで確認する。まだ冬時間でNY市場は取引時間中だ。主要三指数は下落していた。結局、三指数とも約1%の下落となった。

日銀は十二月の金融政策決定会合で長期金利の許容変動幅を0・500%まで拡大した。それを機会に長期金利は0・40%前後まで急激に上昇した。黒田総裁は緩和の出口ではないことを強調したが、市場はそうとは捉えなかったようだ。

朝はいつも通りバナナとコーヒーとヨーグルトで済ます。日経新聞は欠かさずチェックし、注目記事はその場で読む場合もあるが、読む時間がない時は付箋を添付しておいて読める時間に後回しにする。

結局NY市場はクリスマスシーズンまで下落基調だった。それ以降は毎年のことながら年末モードとなり、市場参加者も減りあまり動かない。年間ベースで今年は下落した。

年が明けた。FRBの利上げ継続によるタカ派姿勢によるものと、年後半に向けた利下げするとの観測が入り交じり、市場は乱高下している。今年のＦＯＭＣは八回開催されるそうだ。最終金利到達点は５・１２５％と示されたが、どれくらいのペースなのかは分からない。利上げが継続され市場はどのように判断するのだろう。本格的な景気後退は訪れるのか、市場関係者も意見が分かれそうだ。

ここはリスクオフだ。恒星は自身の確定拠出年金を１００％定期預金へスイッチした。利益は８２０万円に低下していたがトータルで１６００万円となった。米株個別銘柄のパロアルトネットワークスとスクエアも利益確定した。５００万円程度で投資していたものが、株価は上昇し続け、円安の効果もあり３０００万円ほどになっていた。美穂の保有している米株個別銘柄のアップル、スターバックス、エヌビディア、テスラも利益確定し、６００万円が７０００万円まで膨らんでいた。二人合計で目標の１億円に早くも達した。テスラ株の上昇が凄まじい。ＥＶへのシフトによる期待感の表れだろうと推測する。これで宇宙旅行に行けると確信した。

その後更にＮＹ市場は調整されていった。ナスダックは二〇〇日移動平均線を割り込んでいる。物価の上昇は鈍化したが、利上げの継続は行われた。利上げのペースは鈍化したが、景気後退が意識されてＮＹ市場は下落し、世界の株式市場は混乱した。恒星はしばらく静観しリスクオンのタイミングを待つことにした。ＦＯＭＣ後は企業決算のシーズンとなりマーケットは落ち着きを徐々に取り戻していった。

安岡から投信買付の用紙が回ってきた。ＮＩＳＡで〝ＵＳ‐ＲＥＩＴ〟１２０万円分配金受取型だった。毎月40円の配当で１万３千円ほど入ってくる。生活の足しになるはずだ。海外ＲＥＩＴは借入れが多く金利上昇にはネガティブだが、円安効果もあり、そこは今度も綱引きとなりそうだ。だが顧客がリスクを取ったことは良かったと思い、検印して支店長席に回し嘉賞を期待したが、別の要件を振られてしまった。

「株式会社はこね豆腐に行ってみたいんだが、来週初め、どうだ」

融資したあと一月中に訪問する約束であった。リョウしか実際、現場を見ていないし、支店長も恒星も社長とあいさつ程度の会話しかしたことがない。

「はい、大丈夫です」

と、返した。

社長へのアポはすぐにリョウが段取ってくれた。第三週目の週明け午前十一時に訪問することとなった。ただ訪問するだけではいけない。土日に提案を考えることにした。

今週も仕事を早く終え、横浜の自宅には七時半頃着いていた。

「たんぽぽの句会」は十月から十二月までオミクロン株の感染拡大の影響で中止となっていたが、一月は第二土曜日に急遽開催されることになった。みんな元気だろうか。オミクロン株にかかったという知らせはない。

夜中二時間の間に俳句が五句思い浮かんだ。

真実は人の数だけ冬銀河
潮風に微かにゆれて柿吊るす
新年の家計簿開くひとり母
本棚の本を見つめて去年今年
地政学なにはともれ年を越す

最初の一句は、俳句にしてみれば始まり方が抽象的で、全体を通しても何のことだか分からないかも知れない。コロナの変異株が凄い勢いで増えており、もう何が何か分からなくなってきたが、真実として言えるのは感染者の数だけであるという句だ。それでも希望を照らしたかったので、最後に季語を冬銀河にした。次の句は、海岸線に住むお年寄りの情景を思い浮かべた句だ。これは凡人の句かも知れない。次の句は、一人暮らしになってもなお家計簿をつけ続けている母親を思い出して詠んだ句だ。次の句は読書家の美穂の本棚を見て思い浮かんだ。彼女は今年どれだけの自己啓発本を読んだのだろう、最も彼女の生活に影響を与えた本はどれか？　と考えながら詠んだ句だ。最後の句はマーケット用語でよく用いられる地政学リスクのことである。平和に向けてのメッセージと思い詠んでみた。

「たんぽぽの句会」当日、恒星を入れて五名が集まった。恒星の俳句には「真実は人の数だけ冬銀河」だけが特選に一つ「ミモザ」さんが入れてくれ3点であった。その「ミモザ」さんが作った二句が凄かった。

十二月八日ポタージュ熱くして

これは日本が真珠湾攻撃をした日。第二次世界大戦が勃発した日を詠んだ句だ。心情が伝わる何とも言い難い渋い句だ。最高得点で12点だった。

閉ざす音して青白き冬の月

これも結構渋い。10点を集めた。閉ざす音とは何を想像するだろう。マンションのドアを閉める音か？　高級車のドアを閉める音か？　何でもいい。とにかく閉まったところにすぐ冬の月があっただけのことである。ただこの世のモノとは思えないくらいに青白くて美しかったのだ。美しいとは絶対に言わない。それが俳句である。
コロナを警戒してか雑談は少なく、すぐにお開きとなった。

日曜日の朝、急に閃いた。株式会社はこね豆腐への商品に関する提案だ。
単身者や高齢者の一人暮らしが増えてきているなか、基本的には豆腐一丁は多すぎる。一人分の冷奴用にコンパクト化し、専用の醤油と鰹節をセットでパックに入れ、単価を少し高めにして商品化するのはどうか。自分も豆腐は買ったものの賞味期限が過ぎてしまい廃棄することを味わった経験がある。一人用には多いのだ。食品を捨てるのは誰もがもったいないと思う罪悪感はあるはずだ。食品廃棄ロスをなくすことができる。豆腐半丁で一石二鳥だ。それは心に留め、言ってはいけないと誓う。

鰹節を地元高知の宗田節の「ほそ削り」にする。宗田節は一部都会の高級料理店では評判が高いが、一般にはあまりよく知られていない。独特の風味を持ち、非常に香りが高く高級品だ。高知県では西部地方で主に生産され、割と安価で手に入る。第二地銀のネットワークを生かせば簡単に手に入るはずだ。

週明けの株式会社はこね豆腐の訪問に間に合わせたい。今から実家の母親に送ってもらおうとすれば間に合わないし、何かいい方法はないか考えてみる。すぐに思いついた。銀座の高知県アンテナショップ「まるごと高知」に行けばあるはずだ。美穂も同行することとなり二人で出掛けた。

銀座はオミクロン株の感染急拡大を他所《よそ》に人出は既に回復していた。今回の政府のコロナ対策は経済との両立だ。コロナも一時期に比べこうも長期化してくれば人々も慣れっこになっているらしい。そんな自分達もそうであるようにあまり恐怖を感じないようになってきていた。ソーシャルディスタンスという言葉を聞かなくなって久しい。心理的には懐はコロナ前に回復してきているようだ。

銀座一丁目に店はあり、JR有楽町駅で降りて、歩いて五分で着いた。自分でも意外であったが初めて訪れた。店内をうろうろしてみる。「ごっくん馬路村《うまじむら》」が所せましと並べられ、懐かしさのあまり手に取った。柚子と蜂蜜だけで作られている清涼飲料水で、少年が飲んでいるラベルのイラストをまじまじと眺めて、少し重たいが12本入りのケースを買ってしまった。美穂は軽く反対したが、これは絶対に美味いの一言で押し切ることに成功した。

宗田節の「ほそ削り」は片隅で遠慮がちに陳列されていた。株式会社はこね豆腐の社長用と家用に二個買った。

十一時を少し過ぎていた。昼食にはまだ早いが、二階のレストランで鰹の塩タタキ定食を食べることにした。藁に火が一気に広がり、バチバチと音を立て、焼き上がりが香り立つ。厚切りにされ、地元の塩がかけられ、注文してから十分程度で定食が運ばれてきた。

塩タタキは基本的に熱いうちに香ばしい藁の香りを楽しみながら食べるのだ。冷たいタタキはタレをかけるのが主流だ。どちらにしても欠かせないのが、ニンニクのスライスだ。これが無ければ話にならない。後で臭うからと言ってニンニクを避ける傾向にあるが、地元高知では考えられない。ニンニクが無ければタタキではない。

厚切りのタタキとニンニクとミョウガ、細かく刻んだネギ、タマネギのスライスを箸でできるだけ多くはさみ、豪快に口へ運ぶ。口の中で柚子のしぼり汁と塩が複雑に絡み合い小宇宙が広がる。最高のひと時だ。ニンニクの臭いを気にしている場合ではない。美穂も見たことのないような大口を開いて食べている。こんな豪快な姿を初めて見た。

6

週が明け、大寒波がやってきた。冬将軍は温暖化と戦っており、今年の冬は勝つに違いない。

少し早めに店を出ることにし、午前十時三十分に株式会社はこね豆腐に着いた。駐車場にはドイツの高級セダンが後ろ向きに停められてあった。

一階が主に工場、二階に事務所があった。入口で消毒液を手になじませ、中に入った。一階から二階へ上がる階段の手前に電話機が置いてあり「訪問時には電話でお知らせ願います」と貼り紙があった。電話をすると、女性事務員から指示された。コロナ感染対策のため、一階の工場入口付近に設置された突風機を通過し消毒をして、工場の中を通り二階に上がってきて欲しいとのことだった。

まず全身を風で洗うため、工場に入る手前の畳半畳くらいの小部屋に、支店長が先に入った。機械から出る突風のシャワーを浴び、身体を一周回転させている。恒星もあとに続いた。その後、靴底を消毒液のようなものに漬けてから工場内に入っていった。

勢いよく年輩の女性工場スタッフの大きな声が飛んできた。

「いらっしゃいませ！」

まるで居酒屋だ。十人以上はいるような気がするが、同時に工場いっぱいに笑顔も膨らんでいた。

支店長が言った。

「こんにちは。いつもお世話になっています」

午前十時四十分で「こんにちは」と言うには微妙な時間帯であったが関係なかった。

「こちらこそお世話になってます」

工場長と思われる男性が一人いて短く返した。

二人は一礼して工場を通過し、奥のほうの階段を上がる。

「活気があって気持ちいいな」

「そうですね。従業員の雰囲気もいいですね。楽しそうに仕事をしていましたね」

「そうだな。大事な要素だな。それとここは凄い感染対策だと思わないか？」

「食品製造の現場だから当然かも知れませんよね。日頃から衛生管理は大事ですから。こんな場所でクラスターが発生したケースは聞きませんし、会社を見るうえで安心ですね」

「そうだよな。我々も消毒できて良かったな。これだったら気にせず事務所にも上がれて社長とも気兼ねなく話ができそうだしな」


二階の事務所に入ったところで既に若手社長が少し緊張した面持ちで待っていた。

すぐに応接室に案内され、本革の黒いソファに座した。小倉社長の左手首にはスイスの高級腕時計の白い文字盤が光っていた。

「ようこそいらっしゃいました。お待ちしてました。どこの銀行もコロナの影響でなかなか来られるケースが少なくなってます。昨年末には融資実行していただき、又、金利も下げていただいてありがとうございました」

「いいえいいえ。こちらこそありがとうございました」

と、支店長は返した。

これまでは取引先への訪問は少なくなっていたが、これからは政府の方針通リ経済活動を盛り上げていかなければならない。この会社の感染対策の徹底ぶりからは、安心して訪問できそうな気もする。事務所内も整然としていて社員の雰囲気も良かった。

支店長が切り出した。

「下に停められてあったお車は社長のでしょ。いいお車に乗られてますね」

「そうなんです。そここいい車じゃないと、取引先や社員も見てますからね。会社に対する印象も大事と思いまして」

「凄く速そうですね」

「速いですよ。トルクもあって足回りもいいです」

「そうですか、いいですね。私も憧れます」

脱炭素やエコの観点からハイブリッド車のような低燃費車のほうが印象が良いのだが、社長の趣味的な部分が勝っているのだろう。腕時計も高級腕時計よりもスマートウォッチのほうが個人的には印象が良いのだが。

支店長はすぐに話題を本題へ切り替えた。

「増収、増収できてますが、調子良さそうですね。足元はどうですか」

「実は足元もいいんです。コロナの影響で家に籠もるケースが増えて、家庭用に豆腐は売れ続けています。特にこの冬は寒く、鍋用にも売れてましてて好調です」

昨年十一月の試算表でも前年同月比25%の増収だという。

「そうですか。良かったですね。コロナが追い風になっているなんて珍しいケースですよ。でも飲食店や宿泊施設向けには厳しいんじゃないです?」

「そうなんですが、それを家庭向けがはるかに上回ってます。スーパーやコンビニ、ドラッグストアへの販売を強化した効果もあるのですが。それとビーガン食が海外で好評でして伸びていってます」

ビーガン食はこれからも面白そうだ。

この社長は色んなアイデアを持っている。国内向けにもやはり営業努力は行っているようだ。少し価格を抑えて販売をするのも当然だろう。原材料価格の高騰もあって粗利益率は低下しているのも頷けるのだが。

新商品に付加価値を付け粗利益率を少しでも上昇させるよう改善を目指す考えはどうかと思い探ってみる。ここがタイミングと見て恒星は切り出した。

「高齢者や独身者、単身赴任者など、今一人暮らしが多いじゃないですか。一人用に小さめのパック豆腐を用意して、醬油と鰹節をセットにし販売するのはいかがかと勝手に思ってたんですがどうでしょう」

「既に小さめのパックはあるんですよ。けど、あまり売れないんです。通常の一丁の豆腐が主力商品として全体の七割を占めているんです。単身者用に醬油と鰹節をセットにするのもいいとは思うんですが、利益に乗るかどうかはやってみないと分からないし、少し勇気がいります」

と社長は返した。

そこで恒星はバッグから宗田節の「ほそ削り」を差し出した。

「突然で差し出がましいのですが、これは私の地元高知の特産品です。あまり知られてませんが、香りが強く、冷奴に凄く合うんですよ。今、お試ししていただければいいと思うんですが」

「分かりました。下の工場から出来立ての豆腐と醤油を持ってこさせますから」

工場長に連絡がいき、皿に三人分適度にカットされた豆腐が運ばれてきた。恒星が豆腐に宗田節の「ほそ削り」をかける。各自、醤油を好みで垂らし口に運んだ。

すぐに社長は反応した。

「凄い香りですね。これは美味しいです」

支店長も続いた。

「これは凄いな。どこで手に入るんだ」

「これは高級品とされてますが、実は高知では普通の鰹節です。主に県外の料亭に出荷されているんです。でも高知に行けば簡単に安く手に入りますよ」

「これにショウガが加われば最強ですね」

と社長が逆に提案してくる。

「実はショウガも高知の特産品です」

「弘田次長、いいですね。今、商品化したいと思いました」

恒星は心中で拳を突き上げた。すぐに返した。

「分かりました。善は急げでやってみましょう、新商品に付加価値を付けていけるように」

豆腐そのものの素材も上品であり、そこは抜かりなく告げ、社長の頬はわずかに綻んだ。

「早い時期にやれそうか」

と、支店長が口を開く。二人の眼は真剣になってきた。

「はい。地方銀行専用のネットワークがあります。それを利用すればすぐに届くでしょう。ビジネスマッチングになればいいと思います。高知の業者も大歓迎ですよ」

「そうか。弘田次長、頼んだぞ」

「よろしくお願いします」

と、社長が続いた。

支店長からも提案があるとのことだった。実は支店長も考えていたことに驚いたが、こちらが先走ったことに少し後悔をした。

「麻婆豆腐専用の豆腐ってどうだろう。豆腐はそのまま炒めると崩れやすいので、一度沸騰した湯で煮ておけばいいそうなんだ。それを予め済ましておく。最初っからサイコロ状にカットされている。包丁とまな板を用意せずに済みますから、洗い物も減ります。レトルト食品の具材とサッと炒めながら混ぜるだけ。これも単身用にどうかなと思うんですけど」

「確かに単身者向けによさそうですね。支店長も単身赴任ですか」

「いいえ独身です」

「それは失礼いたしました。……新たな設備もあまり必要なさそうだし、考えてみましょう」

社長は軽く微笑んだ。

横浜みらい銀行の本部機能を活用し、ビジネスマッチングにより最速で宗田節とショウガの調達先が決定した。醤油は地元の業者を社長が選択した。

二週間後に新商品はスーパーや地元のコンビニなどの店頭に並んだ。支店長がすぐに買ってきて店内全員に自ら配ったのである。

あくる日、皆笑顔で出勤した。最高の逸品だった。

7

リョウが生保の見込み客を見つけてきた。提案に向けての同意書をもらい設計書を作成中だ。見込み金額は300万円~500万円だという。当然ながら渉外として金融商品の目標はある。支店の目標もあり、支店長は期待を膨らませた。

「リョウ。大丈夫か?」

恒星は何気なく声をかける。自信があるのか無いのか分からないが、金融商品であり結果は顧客の判断次第だ。いつもと変わらぬ雰囲気といえばそうである。

「はい。頑張ってきます」

と、威勢のいい返事が返ってきた。頑張るようなものではないと思った瞬間には、支店長が「期待してるからな」と、すぐに発していた。成果だけが求められている風である。

支店長からのプレッシャーを和らげるつもりで恒星は、

「投信も基準価格の動向が不安定だからな。外貨建ての生保がいいかも知れない。お客さんの意向をもう一度じっくり確認して、しっかり説明してこいよ」

と声をかけ送り出した。

昼前にリョウは支店に帰ってきた。帰るなりひとこと「ダメでした」と報告した。支店長は「そうか、しゃあない。次行け」の一言で片づけられた。

確かに仕方のないことではある。切り替えて次に進まなければならないのも分かる。しかし、どうして成約に至らなかったのか。商品内容と顧客の意向に何が一致しなかったのか。外貨に抵抗があったのか。国内の生保であれば金利が低すぎたのかなどを検証すべきだった。これではリョウ自身も支店全体にとっても次へ向けての材料にならない。

恒星は気になり聞いてみた。

「年金型か、終身型の生保だったのか、どっちだ。外貨には抵抗なかったのか?」

「どっちっていうことはなかったんですけど、どっちでも良かったみたいです。外貨には抵抗はありませんでしたが、為替リスクの話は今一つ理解されていない様子でした。中長期的なスパンではなく、もう少し短期的にリスクを取りたかった感じですね」

投信は過去に損しており毛嫌いしていたという。余裕資金はあるのかと聞くと、大してなさそうですとの答えが返ってきた。恒星は告げた。

「投信も乗り気ではなく、生保も短期勝負となれば、そのお客さんは投資に向いていないな。もう、やめておけ」

「私もそう思いました。自分の期待が先行し過ぎてました。やっぱり焦ってはいけませんね」

と、リョウは本音を語った。

男性の渉外行員は金融商品には疎い面がある。事業融資主体の作業に追われ、商品内容を理解し提案するのに苦労しているのだ。融資先の資産査定は多少簡素化された感はあるが、それに替わって事業性評価表の作成や本業支援に追われまくっている。客先に問題の解決策を提供するソリューションの営業に詰められ時間的な余裕はなく、殆どの渉外行員が昼食さえ取れない状況だ。そこへ金融商品の推進となれば手が回らないのが現状だ。でも秘策はある。金融商品全般を自分事として捉えるのだ。

恒星は同期から大きく出世の道から遠ざかり、退職金も大きな差が出るのは明らかだと思い、少しでも確定拠出年金の積極運用で差を縮めたいと常に考えているのだ。これが正解だった。マーケットに関する情報や財政政策、中央銀行の金融政策、世界経済の動向などにやけに詳しくなってきた。

なぜうちの行員はリスクを取って自分事として捉えていかないのか。円預金一辺倒がリスクであり、リスクテイクしないのが最大のリスクである。日中業務が多忙でも、日常生活で学習することができるのである。そのことによって金融商品全般を徐々に学び入れ、業務に活かすことができるのだ。日本の超低金利、低インフレ、低成長、低所得が延々と続いており、人口が減り続ける状況に、誰も立ち止まって考えない。

支店長が近くに寄ってきた。

「弘田次長。君は金融商品が得意だから、今度、夕方に店内でセミナーを開いてくれないか」

支店長が興味を持ち始めたことは大きい。支店全体が盛り上がる。

「はい。分かりました。明日にでも開催したいと思います」

明日は週末だが、ここは時間を空けている場合ではない。資料は行内のネットワークで構成されたマーケット情報をプリントアウトすれば十分だ。そこには一面左側に、日経平均株価、TOPIX、東証REIT指数、米国株主要三指数、日本10年債利回り、米国10年債利回り、右側に、ドル円、ユーロ円、豪ドル円、ポンド円、トルコリラ円、インドルピー円の為替市場の動向が表示され、日中の値動きがリアルタイムで分かるようになっている。午後四時頃にはその日の指標がかたまる。それを支店八名分画面コピーし皆に配布すればそれで事が足りる。

その日も早く仕事を終え、帰りにコンビニに寄った。株式会社はこね豆腐の麻婆豆腐用の豆腐が早くも陳列されていた。パッケージに渋い中国人男性のキャラクターが描かれていたのには少しおかしく微笑んでしまった。レトルト麻婆ソースと白ご飯を一緒に買って食べることにした。なかなか美味であった。コンビニの味のレベルの高さに感心させられた。

金曜日、持ち時間三十分の予定で午後四時半からセミナーを開催した。

恒星の熱の入った説明が始まった。

「まず、お手元に配った本日の午後四時時点のマーケット情報を見て下さい。これを見て、一番肝となる指標は何だと思いますか」

皆の考えを確かめるために、いきなり質問を投げかけてみた。

桜木尚子がまず答えた。

「日経平均株価だと思います」

「どうしてですか？」

「やっぱり日本に住んでいますから、国内の景気を判断するうえで一番重要だと思います」

全然間違いではない。その通りである。支店長は頷いている。

「ほかには、誰か」

五十嵐リョウが答えた。

「アメリカ株の主要三指数だと思います。ダウ、ナスダック、S&P500の動きは、世界経済を占ううえで一番重要で、日本の株式市場にも大きな影響を与えると思います」

それもごもっともである。

安岡が締めるような雰囲気で言った。

「やはり、アメリカの長期金利でしょう。いつの時代も一番注目されていることは間違いありません。金利は世の中の経済の鏡であり、個人の生活にも大きな影響を与えますので。為替も動くし、ドル円の動向によって日本企業の業績も左右されます」

大正解である。心中で拍手を送った。さすが、安岡。ありがとうと目で合図を送った。意見を言ってくれた人達にも敬意を払いつつ続けた。

「確かに、まずは日本人だから日経平均株価の動向は気になります。アメリカ株の主要三指数も非常に重要です。全然、間違いではないんですが、何にまず目が行くかと問われれば、米国の10年債利回りです。これが景気判断をするうえで重要なポイントです。それを別名、アメリカの長期金利と言います。一般的によく経済ニュースなどで言われる長期金利とは、米国でも日本でも10年債利回りのことを指します」

皆の様子を覗いながら、更に恒星は続けた。

「貸付の金利にも影響を与えます。預金金利も後付けでついてくるでしょう。では、金利はなぜ動くと思いますか。コロナの第一波のピーク時って、アメリカの長期金利は0・7％くらいでしたが、足元は3・5％近辺まで上昇してきました。10年国債の利回り、つまり金利は何によって毎日、動いていくのか分かりますか？　そもそも金利って何ですか？」

対話形式にしたかったのだが、誰も答えてくれなかった。

「よく債券は、価格が上がれば金利は下がる、金利が上がれば価格は下がる、シーソーのような関係とか言って覚える人っていますよね。それは駄目です。これから説明しますからちゃんと意味を理解して下さいね。意味を理解したうえで、毎日の動きが肌感覚で分かるようにしていって下さい」

ホワイトボードを使って拙速に書きながら説明した。

「金利の決まる要素は三つあります。一つ目は国債の需給。二つ目は中央銀行による金融政策。三つ目は景気です。国債の利息のことをクーポンと呼びます。例えばクーポンの金利が1％としましょう。通常は決まりごとのように元本100円で1円のクーポンと表現されますが、それだと分かりづらいですよね。ここはもっと身近に感じられるよう100万円で1万円としましょう。これは私独自の表現だと思いますが、そっちのほうがピンときやすいと思いますから。既に発行されている国債は市場で自由に価格が決められ売買されます。例えば、買いが優勢だと額面100万円が110万円になります。どんなに高価格で取引されてもクーポンは額面100万円で計算された1万円のままです。この場合、金利はどうなるでしょう。1万円÷110万円で0・91％となり低下しますよね。受給で金利は動くと言うのはこういうことです」

リョウが発した。

「でも償還時には100万円しか戻らないんでしょう」

「その通り。でも毎年クーポンの1万円は入ります。それと110万円が120万円で売却できれば利益は出ますよね。それをそのまま最後まで持っていれば損します。それを償

日本ではマイナス還損と言いますが」

「そんなことってあります?」

再びリョウが発した。

「それがあるんです。買ってくれているのは中央銀行。アメリカではFRB、日本では日銀です。損を覚悟で買い続けています。毎年クーポンが入っても、償還時には追いつかずトータルで見て現時点でマイナスの試算となることもある。その時の長期金利はマイナスになります。日本の長期金利は一時マイナスで推移していましたよね」

リョウが更に発した。

「日銀は損をしてまで国債を高値で買い続けているってことですか。日銀の体力って大丈夫ですか」

「体力勝負だとは思いますが、詳しいことはわかりません。いつまでも大丈夫ってことはないと思います。買わない方針に転換すれば金利はたちまち上昇します。既に昨年末に長期金利の上限0・250%から0・500%に容認する政策が示されましたので、足元の金利は0・500%近くまで上昇してきました」

更に恒星は続けた。

「二つ目の要素、中央銀行の金融政策のことを説明します。アメリカではＦＲＢが積極的に買っていきました。その効果で市場にお金が溢れ流通していくんです。銀行も貸出を増やすと世間にお金が増えて流通しますよね。それに似ています。景気対策の一環で金融政策として決められます。これを量的緩和と言います。よく聞きますよね。コロナの影響でアメリカ経済も大きく落ち込みました。量的緩和により金利も低くなりました。日本はというと、日銀が長期金利をコントロールしています。これをイールドカーブ・コントロールといいます。ＹＣＣと略されることもありますが。アメリカの企業も一時は低金利で融資が受けられ、収益性も上昇していってました。ところが債券市場では逆のパターンもあります。額面１００万円が90万円で売り優勢のケースを考えましょう。１万円÷90万円で１・１１％に上昇しました。企業にとっては、借入れによる支払利息が増え収益性は低下します。でもそれを上回る景況感が出てきたら特に問題にはならないのです。景気が良くなれば、債券は売り優勢となり株式に流れます。債券は売られ金利は上昇、株価も堅調に推移となれば、景況感は更に良くなっていくでしょう。景気は良くなり金利は上がる。これが三つ目の要因です」

ここにいるメンバーは全員証券外務員正会員の資格を取っているはずなのに反応が薄い。

それにリョウは意外でもないが、安岡以外のほかの行員はあまり知らないなと恒星は感じていた。

意外といえば失礼だが、桜木尚子が発言した。

「日銀の金融政策で低金利が続いており、それによって貸出金利も低くなり、銀行の収益性も厳しくなってきてるってことですか」

「その通りです。金融緩和の後遺症とかリバーサルレートの影響とか言われるけどね。結局銀行の収益にはネガティブであり、我々はだから苦しいんです。皆さんの給与や賞与も殆ど上がりませんよね。当行の株価だって全然冴えませんもんね」

安岡が言った。

「凄く解りやすかったです、色んなことが。世の中の金利はそういう風に決まっていくんですね。ＦＲＢは量的緩和を終了しています。ＦＲＢが10年債を買わなくなってくるということは、売りが優勢になるっていうこと。だから、そのことによって金利は上昇してきているんですね」

「その通り。ＦＯＭＣで、政策金利のＦＦ金利を会合ごとに引上げ続けてきました。それも影響しています。日本の長期金利もそれにつられる傾向があるから最近上がってるんですよ。でも日銀は上限を0・500%として金利をコントロールしてるから、それ以上にはならないと思う」

支店長は沈黙している。

恒星は時間を気にしながら、次は為替市場の話にもっていく。既に四十分を経過していた。

「次は為替の話です。通貨って金利の高いほうに移動するんです。お客さんも定期預金のキャンペーンがあったら少しでも金利の高いほうにお金、持って行きますよね。それと一緒です。日本の金利はほぼゼロですから、今は金利の高くなった米ドルにお金は流れていっています。米ドルの需要は高くなっていっているんです。だから昨年のドル円は130円~150円程度でした。あくまで教科書通りなんですが。地政学リスクで安全資産とされる円に資金が移動し、円高に振れることもありますが、今は円も弱含みしており円安です。これは比較的簡単ですよね。基本的にはシンプルです」

リョウが久しぶりに発言した。

「今、原油もウクライナ問題や供給不足で上がってますよね。原材料価格や商品価格も上がってる。それに加え円安基調。日本企業はかなり苦しくなっていくんじゃないんですか」

「相当厳しいものになるだろうな。そもそもアメリカの利上げは物価を抑えるためなんだ。要はアメリカ国内の問題。消費者物価指数、いわゆるＣＰＩってやつ。毎月十日頃発表されるが、十二月、一月の発表はそれぞれ前年同月比６％くらい上昇してるからな。これを抑制して経済を正常化させたいのさ」

リョウの質問が激しくなってきた。

「そもそもなぜそれほどアメリカの物価って上がってきたんですか」

それを説明していれば段々切りがなくなってくる。時間も押してきた。

「コロナの影響でサプライチェーンが労働力不足で混乱したことが大きな要因です。それによって原油価格、資源価格、商品価格まで上昇した。アメリカでは多くの雇用が失われたが、経済活動再開の際には労働市場が活発になり賃金が上昇していった。政府の支援金で国民の懐が豊かになって、多少値段が上がっても購買意欲が衰えなかったことなどが要因だ」

と、簡単に答えた。時計は五時半を回っていた。やばい、時間外手当が発生してしまう。片付ける時間も必要だ。最後に株式市場の話だが、またの機会にしよう。

「予定時間をオーバーしてきました。最後に株式市場の話でしたが、またの機会にしたいと思います。ご清聴ありがとうございました」

強引に切り上げた。

債券、為替、株式市場をコンパクトに説明してザックリ分かってもらえればと思っていたのだが、説明しているうちに段々熱が入ってきた。最後のほうは質問も出てきたし。けれど話すほうも勉強になった。

しかし桜木尚子の質問は鋭かった。銀行の収益性に関する基本的な部分を彼女は捉えていた。

全員が素早く片付けて支店を後にした。

8

部屋にダッシュで戻り、素早くお決まりのジーンズにはき替える。吸湿発熱素材の肌着の上に丸首で白のロングTシャツ、その上に紺色でVネックのカシミヤセーターに着替えて紺色のダウンジャケットを羽織った。ヴェゼルの座席に腰を落とす。

時刻は六時半を回っている。窓の外には冬の満月が青白い光を発していた。気持ちを落ち着かせる。どうせ今日は遅くなるんだ。そんなに慌てて帰る必要もないだろうと思い、ニール・ヤングの『Ｈａｒｖｅｓｔ』のＣＤをセットし、ゆっくりアクセルを踏んだ。

一週間の疲れを背負いながら帰る途中、今日のセミナーを振り返る。

結局何が言いたかったのかは、一言でいえば、すべてはマーケットによって経済は形成され我々の生活の細部にも影響をもたらす、ということだ。地球上で起こるすべての出来事はいずれ何らかの形で表面化され、経済や地政学に反映される。その際、市場は先を見透かして反応するのだ。逆に市場が反応しなければそんなに心配する必要はない。時には市場も見誤るケースがあるが、大衆心理であり、それは仕方ない。

最近は商品先物相場の上昇により食料品価格も上がる傾向にある。ＮＹ原油先物（ＷＴＩ）は80ドル近辺だ。石油元売り各社に一定の補助金を出す国内の政府方針も、効き目はあまりなさそうだ。ガソリンを入れるたびに2千円ほど高くなり、ハイブリッド車に買換えていて良かったと思う。できればＥＶが欲しかった。

青白い月が正面に見えだした。フロントガラスの外枠がまるで有名な絵画の額縁を連想させる。その瞬間に四曲目の「Heart Of Gold」が流れだした。風景と内面が調和した時に運よく流れだした。見事なハーモニカとアコースティックギターは言葉以上に何かを物語っている。「黄金の心を探し続ける、そして年を取っていく」という意味のフレーズがいい。

横浜の街も煌々と光を発していた。家が段々近付いてくる。最後の十曲目が終わり、カーオーディオのスイッチをＯＦＦにした。余韻に浸ってみる。

やはりロックはいい。今在るものを越えようとする、限りない意志、表現。そして相手に伝えるためのコミュニケーションとしての手段。捉え方は様々だがロックを身近なものとして感じており、恒星にとっては生活の一部として必要なものだ。今まで幾度となく究極の苦しい場面でロックに救われてきたように思う。ここ最近、でもないがデビッド・ボウイもプリンスも亡くなった。表現の自由や生き方の自由など、世界でどれだけの悩める人々を勇気づけ、助けてきたことか、心から尊敬し祈りを捧げる。

ゆったりとした気分で我が家にやっとたどり着いた。車から降りてドアを閉め、見上げれば、青白い月が更に光を増していた。

明日は恒星にとって唯一の表現の場である「たんぽぽの句会」だ。一句だけでも作って寝ることにしようと思うのだが、一向に思い浮かばない。結局疲れに負けてしまい、割と早めに寝てしまった。


次の日は六時過ぎに目が覚めた。

NY市場を確認する。消費者物価指数は前年同月比6％を超え、物価は幾分抑えられていたが、マーケットは大幅に下落していた。金融引締めの影響は依然として大きい。全セクター全面安だった。日経新聞を取った。オーバーキルに関するネガティブな記事が一面トップに大袈裟に掲載されていた。

美穂は既にベッドにはいなかった。コーヒー豆をいつものように手動ミルで二人分挽く。ドリップで淹れ、挽かれた豆は中心付近が膨れ上がり、呼吸するように縮んだ。その瞬間、美穂が部屋から出てきた。読書をしていたようだ。ここ最近は自己啓発本を更に読むことが多くなったそうだ。やわらかい陽射しに包まれながら、軽く挨拶代わりに唇を合わせた。

午前中に俳句を五句作らなければならない。二月から俳句の季語は春に変わるのだが、極寒の日々が続いており、春の気配は殆ど感じられない。今日は珍しく明るい陽射しが食卓に差し込んでいた。一句できた。

日々節に日々大切に日脚伸ぶ

季語の「日脚伸ぶ」に敬意を払う気持ちで作った。あと四句。考えているうちに電話が鳴った。「たんぽぽの句会」メンバーの俳名「ミモザ」さんからであった。「未知鳴」さんが一月二十八日にコロナで亡くなったとの知らせだ。喪に服す意味とコロナを警戒して当分の間、句会は中止にしたいという。その場で手を合わせ目を閉じた。

町内清掃に参加しているうちに親しくなり俳句に誘ってくれたのは「未知鳴」さんだった。最初は受けねらいで妻を笑わせてやろうと思い、遊び半分で始めたのだが、日本の言葉の美しさや五七五のリズム感と、なにより自分で創作した句を発表できることに魅力を感じ、どっぷり浸かってしまった。俳句会に参加するきっかけを「未知鳴」さんが与えてくれたのだ。

もう一度「未知鳴」さんの家の方向に向かって手を合わせた。

昼はパスタを作ることにした。ペペロンチーノである。「今日もパスタを作ってくれるの？」との美穂の問いに恒星は返す。

「アーリオ　エ　エーリオ……あっ間違った」

「家の中で何噛んでんの。かっこつけるんじゃないの。普通にペペロンチーノでいいじゃない」

「だめだ。アーリオ　オーリオ　エ　ペペロンチーノだ」

「一度噛んじゃったからもうだめね」

「いいじゃないか。家の中なんだし。アーリオはニンニク、オーリオはオリーブオイル、エはそしてと言う意味なんだ。ペペロンチーノは鷹の爪だ」

「それが言いたかったのね」

図星だった。

今日は買い物に行かなくてもいい。材料は揃っている。フルビーガン対応だ。

パスタ鍋に2リットルの水を入れ、沸いてきたところで20グラムの塩を入れる。塩はこれが最初で最後と決めてある。これが最適なのだ。シェフの動画で学んだ。

1・5ミリのパスタを入れ、タイマーを五分四十秒にセットする。その間、スライスしたニンニクと鷹の爪を細かく千切り、種もフライパンに入れる。オリーブオイルを垂らし、中火で香りを付ける。いい香りがしてきた。弱火にする。少しパスタの茹で汁を入れ、乳化させる。

タイマーが鳴ると同時にパスタをフライパンに移し、軽くかき混ぜる。火を止め、イタリアンパセリをふり掛け、最後にもう一度香りづけのオリーブオイルを掛け、サッサッと返し、素早く皿に盛りつけて完成だ。仕上げ用のオリーブオイルは少し高級なものを掛けるのだ。パスタにオイルが絡み光っている。小宇宙が広がる。

美穂は既にベビーリーフを小皿に盛っていた。オリーブオイルと塩、レモンを絞り、野菜サラダはすぐにできあがったようだ。白ワインと一緒にあっという間にパスタランチはできた。

パスタを家庭で作り始めて十三年以上が経った。特に最近急速に腕を上げた。コロナ禍で家に籠もることも多くなったせいで、動画配信サービスで一流シェフのパスタを作る動画を見る機会が増えたからだ。手早く作るその姿は格好良く惚れ惚れする。何度も同じ動画を見て頭に入れ、実践しているうちに上手くなったのだ、と自負する。

美穂が言った。

「これまでのパスタで今日のが一番美味しかったわ」

やっと言ってくれた。今日は我ながら上出来だった。何を目指しているわけでもないが、もっと上を目指したいとも思った。

「まだまだだけどな。もっと頑張るよ」

と、返した。

部屋中にニンニクとオリーブオイルの香りがまだ漂っている。ルイボスティーで口の中を洗い流す。ほっと一息ついていた時、急に思い浮かび、また一句できた。

車内にも微かに匂う野焼きなり

来月の句会に二句残しておくことにした。

一杯の白ワインで昼間から酔ってしまい昼寝をしてしまった。目が覚めたのは六時前だったが外はまだ明るかった。日は確実に長くなっていた。

休養は十分取れた。ニンニクが多少効いているようにも思う。その日の晩は久しぶりに美穂と肌を合わせた。

9

二月も後半に差し掛かり、大寒波が日本海側、北海道を中心に襲い、二十年ぶりかの大雪警報が出され荒れに荒れている。

今週は株式市場について店内セミナーを開く予定だ。先週からの流れもあり、あまり日を置かないほうが良い。火曜日の夕方にしよう。午後四時半からの開始を支店長に伝え、了解をもらった。週明けのNY市場を確認することができて都合が良い。

だが、何をどこまで話すべきか、悩ましいところである。でも、金利や為替の話よりは馴染みがあるはずだ。仕組み自体シンプルで分かりやすいと思う。ただ、マーケットの分析や今後の展望を予想するのが難しいだけだ。自分なりに分析して、年末までの予想を話すことにしよう。結局は市場関係者の足元の情報をもとに自分なりに嚙み砕いて予想するだけだ。面白そうだ。ファンドマネージャーのように成りきって話せばいい。またとない機会だ。楽しむことにしよう。

その日の昼食はコンビニで弁当を買って二階の食堂で食べた。

テレビをつけてみた。丁度昼の番組で珍しく株式の話題が上がっていた。世界株式の時価総額TOP10の一九八〇年代と二〇二〇年代との比較である。一九八〇年代は日本企業が世界を席巻し六社が入っていた。ところが二〇二〇年代は、七社がアメリカ企業、三社は中国企業であった。一番順位の高いトヨタ自動車でさえ二十五位のレベルだ。番組内で司会者の質問がすべてを物語っていた。「何がどうなって、そうさせてしまったんですか」との問いかけだ。番組出演者のエコノミストに聞いているのだった。

アメリカは投資大国である。アメリカ企業は株主を最も大事な存在に位置付ける。投資によって集められた資金によりイノベーションを起こし、企業は成長し、更にその投資によって集まった資金で成長を加速させる。投資による好循環が生まれているのだ。

エコノミストは子供を諭すように、巨大IT企業の影響だとかアメリカの人口増加の背景とかを説明してはいたが、根本的には国民一人一人の投資やイノベーションに対する意識の差にその要因は隠されている。司会者はそのことを全く理解していない。その司会者は日本国民の代表のようだった。

四時半になった。「さあ、始めますよー」の掛け声で皆とことこと寄ってきだした。

「まあ、だいたい皆さん一番想像が付きやすいのが株式だと思います。市場が開いている時間帯に需給によって売買されます。時間外取引で先物もありますけど、基本的には日中行われます。自由に価格が決められ売買は成立しますので債券や通貨と一緒です。足元の日経平均は今大きく下落しています。売値と買値が一致して初めて取引が成立しますので、今は安くても売りたい、安く買いたい人達が増えているということになります。ここまではお分かりですか」

皆返事がないから先に進む。

「投信だったら一日終わった時の基準価格で買付も売却も決定しますよね。要するに、取引時間中には価格が決定される株式とは大きく異なります。そこが違うところです。だいたい分かりますよね」

皆、分かっているようだ。更に先に進もう。今日は定刻通り終わらせる。

「一番、難しいのは先をどう読み解くかです。それが分かっていれば総国民、総億り人になれますよね。よく投資専門の経済誌で見かけますね。200万円から株に投資して1億円突破したってやつ。そうなりたいなって思ったことのある人もいらっしゃると思います。でも個別銘柄に投資して成功するのって、そんなに簡単ではありません。特に日本株は海外に比べ景気敏感株が多く、何かあれば大きく調整されます。現在も諸外国に比べ、コロナショックの下落から回復は大きく出遅れています。銀行は、個別銘柄は取り扱っていませんが、トレンドだけはしっかり掴んでおくことにしましょう。基本的に投信は長期保有をお勧めします。今は乱高下が激しいので、リスク許容度の低い方には積立投信がいいと思います。リスクを取れる方には、下がり基調の時に株式投信を勧めてあげましょう。特に海外ものがいいと思います。海外のほうが経済の回復が早く、金利上昇で円安効果も期待できるからです」

これくらいでひとまずいいだろうと思ったその時、リョウが口を開いた。

「一番、株式がイメージしやすいのですが、確かに先を読むのは難しそうですね」

安岡も続いた。

「今年くらい難しい年はないですよね。弘田次長は年末まで、例えばNYダウをどのくらい予想しますか」

ハッキリ言って分からない。ハッキリ言えないとも言えそうだが、とにかく予想できないのだ。

元々はコロナが原因で財政政策が組まれ、米政府は大盤振る舞いをし、資金が溢れていた。労働市場は逼迫《ひっぱく》し、労働力不足に喘ぎ、高い賃金を払うことを余儀なくされている。労働力不足により原材料価格も高騰し、コストを吸収できず値上げは必至で、値上げしても溢れた資金により吸収されてしまっているのだから、たちが悪い。多少、価格上昇が起こっても消費者は買うのである。

原油もOPEC総会で増産合意された内容も足並みが揃わず、それに加えウクライナ情勢の悪化もあり、需給はきつい状況だ。経済の下押し圧力になっており、景況感は先行き悪化しそうな雰囲気である。そこにFRBは利上げを継続してきた。大袈裟な言い方ではあるが、人類が初めて経験する景気悪化状態が続きそうななかでの利上げである。物価が安定し、年後半になれば株価は上昇していくと思うが、分からないのが本音だ。

恒星は答えた。

「年末のNYダウは強気で見て4万ドル、慎重に見れば3万ドルの可能性もあると思います。何度も言うように、今年を予想するのは非常に難しく、ハッキリ言って無理ですね。今年のFRBは二回利上げを実施するものと思いますが、それによって物価上昇が抑えられ、正常化されれば、年後半株価は持ち直していくと思います。それまでは乱高下すると思います。リスクを取れる方は、下がった時が買いでした。過去の経験則でも下がり局面では間違いなく買いでした。ただ、二回の利上げによって物価上昇が抑えられなかった時は、更に大きな調整を受けることになると思います。利上げし過ぎて経済が更に悪化することをオーバーキルと言います。最近よく聞きますよね。今年だけは非常に予想しづらいです。来年になれば、答えは分かると思います」

時間が来ましたので、と言って、半ば強引に切り上げた。

10

三月に入っても肌寒く、春の気配は一向に感じられない。それでも日脚は確実に伸びてきている。夏至と冬至を比べるとおよそ4時間と45分程度の差があるはずなので、285分を六か月で割ってみると、一か月に47分は日が長くなっている計算になる。早く暖かくなって欲しいとこれほど強く感じる年はない。

マーケットは明らかに調整されていた。ロシアのウクライナ侵攻、原油価格や資源価格の高騰、FRBの利上げ、QT（保有資産の縮小）の実施、企業業績の悪化など、先が見透かせない状況によるものだ。マーケットは春の嵐が吹き荒れ、地政学、世界経済も大きく混乱している。

原油高、資源や商品価格上昇で、日本は経常赤字国となってしまった。米金利上昇と経常赤字の要因で円安となり、130円台後半の水準で推移している。株式マーケットは今後上昇していくのか、市場関係者とエコノミストの間では意見が分かれている。物価を抑制するための利上げではあるが、その効果は未だ不十分だ。原油高、資源高による景気悪化、ロシア―ウクライナ戦争の長期化が懸念されるなかでの金融引締めでもあり、世界の景気後退につながる恐れは十分ある。オーバーキルになれば本末転倒だ。ＦＲＢは過去を振り返っても利上げは数回連続して行ってきたが、利上げした分、景気後退に陥ればすぐに利下げを実施する。利上げした分、利下げの余地も生まれるのである。日銀と違い機動的に行っている。やはりＦＲＢの政策決定や市場とのコミュニケーションは巧妙だ。期待したい。

日本の一般会計予算は十年連続で過去最大を更新し続けている。社会保障費、防衛費、コロナ対策費、国債の償還に充当する費用などが主な内容だが、またしても国の借金は膨らむ一方で、本当に大丈夫か？　と思ってしまう。日銀の金融緩和は継続される方針で、足元の長期金利はアメリカにつられ若干上昇しているが、それでも基本的にはゼロ金利だ。物価の上昇も欧米ほどではないが顕著になってきている。値上げに踏み切れる企業はいいが、殆どの企業はコストカットなどの努力を迫られる。原材料価格の上昇や円安もあり、先行きは厳しいはずだ。

政府は賃上げによる経済の好循環を期待するが、それを実施できる企業はごくわずかだと思う。日本の上場企業は欧米企業に比べ、財務内容は健全だが収益力は弱い。賃上げをすれば収益力は更に弱まってしまう。日本の企業全体が揃って賃上げできれば、全体としては個人消費も伸び好循環になる理屈が整うが、当然そうはならない。実態は同業者同士、様子見姿勢で、先鋒となって賃上げできる企業は少ないとみる。結局は業績向上は期待薄であり、デフレ脱却は程遠い気がする。

我々の家計にも直接関係してくる。輸入物価は上がり、食料品やガソリン価格の上昇は顕著だ。テレビの街角インタビューも盛んに放映されている。ある若い女性が答えていた。「家計が大変で、政府に援助を考えて欲しい」と。ここでもまた国民は政府に頼ろうとする。何でもかんでも政府にすぐ頼りがちであり、メディアもそれをすぐに放映したがる風潮にある。自立しなければいけないと思う。

人事異動が四月一日付であり、三月二十五日に発表される。この支店で三年となるリョウは異動の可能性が高い。半年に一回の異動は銀行員生活にとって考えれば、出会いと別れの連続だ。長くて勤務を共にするのは二年、短くて半年だ。いい出会いもあれば、悪い出会いもある。いい出会いであればいい交友関係はあとあとまで続くが、悪い関係となればそれで終わりだ。出会ってしまったばかりに犬猿の仲となるのは仕方のないことだが、欲を言えば、出会いはすべていい出会いであって欲しい。だが現実はそうはいかない。人間同士は基本的には揉めるようにできている。人は人間関係に幸せを求めすぎなのかも知れない。人と人は違うことを前提にしていないのだ。その違いを認識し、うまく利用したり壁を作ったりすべきだろう。壁を越えてきた場合は堂々と闘えばいいのだ。

できれば出会いたくなかったと思わせる行員は予想以上に多い。皆、様々な支店、本部勤務経験を経て、職場で育った環境は明らかに違い、人種の坩堝《るつぼ》だ。人間そのものが違うこともあり、認め合えず言い争いとなり、とんでもない事態に発展するケースもある。社会が複雑になればなるほど人間関係も難しくなっていくのは実感するところだ。単純に相手を気遣えるかどうかで決まるような気がする。

だが嫌な行員に出会ってしまえば、まず相手の意見を聞いて理解に徹するようにと言われるが、そんな時間や余裕はない。人間関係を良好なものにする前に時間は過ぎてしまい、どちらかが先に異動になってしまう。だからそういう方法は取らない。どちらかがぶち切れるか、我慢に徹するか、周りでいざこざが起きれば、見て見ぬ振りをすることも多々ある。大概は赴任者が現れる前に自分なりに情報を集め、そうならないように身構えるのだ。だが恒星はそれをしなかった。したくなかったのだ。先入観なしで会って、出たとこ勝負だと決めていた。人から集めた情報はどこかしら当てにならないように思うし、他人が感じることを自身も同じように感じるかどうかは、会って仕事をしてみないと分からない、と思うからだ。勿論今まで失敗したケースも多々あった。でもそれでいいのだ。出会ってからで十分だと思う。

リョウは優秀な行員だ。おそらく異動は間違いないだろう。もう少し箱根支店にいてほしいのだが、あまり長くいすぎるのは彼にとって良くない。渉外の成績もいい時にいい流れで異動するのがベストだ。支店長から信頼されているところも大きい。いい噂もくっついていくだろう。

夕方、支店の勘定の締め上げが終了したタイミングで、リョウが案件の協議を持ちかけてきた。支店長と三人で応接室に入る。

設備資金と長期運転資金として2000万円の純新規案件だ。これから新たなビジネスをスタートさせるものであった。箱根の古民家を購入、改修し、民泊とシェアオフィスを融合させた新しいビジネスへの資金だという。

使途内訳は、古民家の改修資金に８００万円、デジタル化に向けた関連設備に３００万円、あとは運転資金だそうだ。地元の青年会が個人で五名が出資し、資本金は５００万円である。クラウドファンディングでも資金を募り、物件の所有権移転は終わっていた。既に法人化しておりホームページで公開されている。

社名は株式会社Ｒｅｓｔである。和訳で「憩い」だそうだ。リモートワークの形態や温泉地の民泊利用、地元の学生や社会人の勉強の場にも需要がありそうだ。時間帯によっては地元住民の交流の場にもなる。サブスクリプションや時間制による単発利用も可能なハイブリッド形式で運営する。面白そうだ。

改修は青年会の協力もあって格安で済む予定だ。初期投資も抑えられ、決して無理な計画ではない。

「前からリョウはここによく訪問してたもんな。アイデアも出していたのか」

と、支店長が切り出す。

「はい、自分も色々意見を言って、会にも参加していました。箱根のブランド力もありそうだし、広い幅の層からも需要がありそうです。例えば、二十代から四十代の方のリモートワーク、社会人や受験生の勉強利用。銀行員も研修単位取得や勉強の必要性も高まってきてるじゃないですか。家でやるより集中できていいと思います。家にいると、ついついだらだらしがちですから。それと学生さんも、たまに環境を変えるのがいいらしいですよ」

「そうかも知れないな」

と、支店長が相槌を入れる。

「民泊も面白そうじゃないですか。ベッド二つで一部屋。トイレ、シャワー完備。温泉を利用したい方は他の施設に行ってもらうそうです。近くにありますから。Ｒｅｓｔの利用料はすべてキャッシュレスだそうです」

と、リョウは続けた。

「面白そうだな。地元の交流の場になるのはいいいな。高齢者や主婦層、若手経営者とか色んな層を超えてコミュニティーができるかも知れない。色んなコトやモノをシェアできる可能性もある。コロナ禍のリモートで繋がりが増えた一方で、やはり人と人が会いたい気持ちは高まっているはずだ。リモートワークでの効率化と、人と人との交流の場も提供できれば、最強じゃないか。自分も利用したいぐらいだ」

恒星は熱く語った。

「返済期間と金利はどうするつもりだ。代表者は誰だ」

と、支店長が問う。

「返済は一年据え置きで九年分割返済。やはり運営開始から軌道に乗るまで一年は待ってあげたいと思います。金利は長期プライムレートと同金利で変動型でいいかなと思います。代表者は、はこね豆腐の小倉社長が初代で、あとは二年サイクルで主な出資者四人が交代していく予定です」

支店長がすぐに返す。

「小倉社長が初代か。いいじゃないか。返済条件はいいと思うが、金利はもう少し欲しいな。長プラが1・4%だからプラス0・3%の1・7%でどうだ」

リョウが返す。

「青年会の方々は金利に敏感です。スタートアップ企業ですから、支店長の金利条件で一旦は了承してもらえると思いますが、軌道に乗って調子が良くなってくると、肩代わりされる可能性があります。新規先ですから。長プラフラットが印象がいいと思います」

恒星も発言する。

「はこね豆腐の小倉社長も青年会のメンバーだろう。会社の長期は1・8%程度。それを下回るのは都合悪いだろう。せめて同レートで、長プラプラス0・4%でどうだ」

「そうでしたね。そこを考えてませんでした」

「よし、3年固定1・8%、以降長プラプラス0・4%変動でどうだろう。3年間固定金利であれば安心感があると思う。違和感ないと思うが」

と、支店長が締めくくったように発して三人は合意した。


融資は予定通り実行された。そして二十五日の人事異動の発表で、リョウは次長に昇進し、本店営業部へ渉外行員として転勤となった。本店営業部の渉外は花形行員である。

リョウの後任には、恒星と同年齢ではあるが、入行年度は一年後の支店長代理補佐（支店長代理を役職定年した職位）の和田道則《わだみちのり》が配属になることとなった。そうとうくせ者らしい。同期や仲のいい行員から次から次へ電話がかかってきた。

コロナ禍での行員同士の飲み会は固く禁じられている。リョウの送別会は開催できなかった。ここのところ職場での歓送迎会はコロナの影響で全く行っていない。

恒星は多人数の飲み会に嫌悪感を示す。大笑いしながら酒盃を交わすのはいいが、何がそんなに楽しいのか理解できないでいる。自分は今違う場所にいるのだと肌で感じてしまうのだ。早く逃げ出して一人になりたくなる。飲み会の激減は恒星にとって好都合だった。

三月二十九日に恒星は誕生日を迎え五十八歳になった。選択定年制を五十五歳から六十歳までに制定しており、いつ退職しても定年退職となる年齢だ。既に同期の数人は次のステップへと進み退職して再就職をしている。リョウがこの支店を去る姿を見ながら、ふと退職が頭を過《よぎ》った。

11

今週は朝、恒星が店舗を開ける当番だ。朝は誰よりも早く出勤しなければならない。

今日は和田道則が着任する日だ。いつもより早く出勤した。少し小太りで黒縁の眼鏡を掛けた男性が支店の前で手土産を提げて待っていた。

「おはようございます。和田です。よろしくお願いします」

恒星も軽く挨拶を交わし、警備会社の警備解除をし店舗内に入った。通常は世間話もするところだが、くせ者との噂から少し警戒した。

ぞくぞくと行員が出勤してくる。恒星は和田の様子を覗いながら金庫を開ける。彼はさほど変わった様子もなく、出勤してくる行員に挨拶をしていた。

金庫を開けた時に支店長が出勤してきて、和田を伴って応接室に入った。五〜六分経って二人は出てきた。支店長の合図で皆が集まった。

「前の支店では貸付を担当してました。久しぶりの渉外で、また初めての土地で戸惑うことも多いかと思いますが、よろしくお願いします」

と、和田は無難に挨拶した。いつものように一人ずつ支店のメンバーはポジションと名前を名乗り、それぞれの席へすぐに散らばった。

その後、業務は始まったが、皆の様子からあまり和田とは話をしたがらない風に見えた。皆悪い噂を聞いているのに違いないと思わせる。恒星は出たとこ勝負でいつも先入観を持たないのがモットーだったが、さすがにこうも色んなところから電話が入れば警戒せずにはいられない。慎重にならざるを得なかったのだ。

その日一日はリョウとの渉外引継ぎだ。和田の荷物は既に箱根の借上げ社宅に運ばれていた。今日は引継ぎでなるべく多くの取引先を訪問するとの理由から、九時開店と同時にリョウと和田は支店を出ていった。

支店長が恒星の椅子の間近くに寄ってきて小声で言った。

「なかなか言い出したら聞かない一徹な性格らしいぞ。大変だが頼むぞ」

「はい、色んなところから聞いてます。またフォローして下さいよ」

と、短く返した。


昼前にリョウと和田は一旦帰店し、行内ネットによる通達とメールを確認し、すぐにまた出ていった。昼食を取る時間はないのだと言う。午後四時前に二人は帰店し、引継ぎ報告書をもとに引継ぎを行った。あっという間に一日は終わろうとしている。

リョウとは今日でお別れだ。僅か半年余りの付き合いだったが、様々な融資案件の場面でいい思い出となっている。彼が融資した先はこれからのメンバーが見守っていかなくてはならない。

リョウはありきたりの挨拶を最後にして旅立ってしまった。三年間の支店や地域への貢献度は大きかったが、最後はあまりにもあっけなく、リョウの存在は一瞬にして幻像化されていった。銀行員の宿命であるが、きっと数年後再会した時にはその残像は復活するのであろう。余韻に浸る暇もなく次の赴任先に移動しなければならず、明日には朝一番から本店営業部へ着任するのだ。

銀行員の転勤はあまりにもハードだ。四月一日付の異動で、5営業日以内には引越しや引継ぎを済ませなければいけない。すぐに新しいメンバーでやっていかなければならないのだ。顧客は待ってくれない。

今日は少し遅くなってしまった。最後に残ったのは、恒星と和田であった。リョウと和田の引継ぎに伴い色んなシステムの更新作業があり、支店をあとにしたのは午後7時を回っていた。和田とは「お疲れさまでした」と言い合って普通に別れた。

外の空気は澄んでおり、寒の戻りのせいか肌寒かった。支店のドアを閉ざした瞬間に見上げた空には未だ青白い冬のような月が辺りを照らしていた。そこに黒みがかった雲がゆっくりと流れていった。

12

四月に入り、箱根湯本の河川敷は河津《かわづ》桜が見頃を迎えていた。

恒星は桜を見ては毎年拒絶反応を起こす。幼少期から入園、入学を繰り返し、就職も同じ時期だ。転勤を繰り返すのも春が多かった。そのたびにそこには桜があった。圧倒的に不安感が強いなかで、いつもそこには桜が聳え立っていたのだ。疎ましい存在である。日本各地そこら中に咲きながら北上していき、散り去ったあとは、いつもほっとする。葉桜のほうが緑も深まり安心感があって心地よい。

横浜みらい銀行は東証一部からスタンダード市場に鞍替えしている。東証再編でより多く海外からの投資を期待されているが、実態はさほど変わらないような感じがする。約八割の企業、1800社余りが東証一部からプライム市場に残ってしまったのだ。基準が余りにも低かったのも要因だ。NYダウは30社、S&P500は500社である。もう少し基準を厳しいものとし、市場の価値を高めるべきだったように思う。

四月のＮＹ市場は三月までの荒れ模様から徐々に落ち着きを見せるようになっていた。ＦＲＢの金融政策も市場とのコミュニケーションはうまく図られ、経済指標の発表はネガティブな様相を見せながらも回復基調だ。三月末にリバランスされたせいだと思われる。だが予断は許されない。これからは決算シーズンに向け、業績相場へと移行し始めるだろう。決算発表次第だ。いつものことながらネガティブな相場は振り返れば必ず上昇相場へと転じている。さすがに懸念材料は多いが、下落している分リスクプレミアムもそこには存在している。リスクが大きい分、リターンも大きいのだ。だがもう少し様子を見てもよさそうだ。ＦＲＢはタカ派姿勢を今後も続けていく可能性は十分ある。年前半戦が終了したばかりだ。焦燥感にあおられながらも、恒星は待つのも投資だと再度言い聞かせ、リスクオフの姿勢を確保した。

和田道則は素っ気ないながらもやけに礼儀正しく無難に渉外活動を行っていた。支店長が時々、恒星の横にやってきては小声で話す機会もあるのだが、互いに意見が一致しているのは、和田は生真面目だということであった。案件こそ未だなく、協議の場面もないのだが、それは来たばかりで仕方のないことだった。

四月は何事もなくあっという間に終わりを告げようとしていた。

連休に差し掛かろうとしていたその前日にネガティブな出来事が起こった。その日の朝一番に株式会社はこね豆腐の普通預金に東洋開発銀行から3000万円の資金が振り込まれてきた。経理担当の女性事務員がその後来店し、短期資金枠の実行分を返済していったのだ。コロガシで5000万円を利用してくれており、いい取引関係を維持していたのだがショックな出来事だった。

さっそく支店長と恒星は株式会社はこね豆腐の小倉社長にアポを取り、その日の午後に会社に出向いた。前回の訪問時と同じように消毒を済ませ二階の応接室に案内される。

「ご無沙汰しています。順調ですか」

と、支店長が漠然と切り出した。

ご無沙汰がいけなかったのか？　何が順調なのか朧月のようにぼやけているが、雰囲気で三人の空気は読めている。社長の受け答えからは業績は順調に推移しているようだ。資金繰りはウチの短期資金枠から楽になったものだと確信していたが、一部返済されたのだ。それを探りに来たのだが、支店長の口からは言いにくそうな風だったので、恒星がダイレクトに聞いてみた。

「今日、経理の方が来店されて3000万円内入れされていったんです」

「私が指示したんですよ。東洋開発銀行も短期資金枠を5000万円に増額したうえで金利を1・1%に下げてくれたんです。利用せざるを得なくなって。長期は繰り上げ返済をどこの銀行も嫌いますから、仕方なく御行の短期を返させてもらいました」

「そうだったんですか。分かりました」

と、支店長はあっさり頷いた。恒星も波長を合わせるしかなかった。

社長は続けた。

「五十嵐代理の後任の方は一度挨拶に来たなりで訪問してくれないんです。五十嵐代理は週に二〜三度は来ていただいてました。うちには来づらいんですかね」

明らかに機嫌が悪かった。

「そんなことはないはずなんですけど」

恒星はカバーしたが、図星であった。訪問日誌をよく見ておくべきだった。こっちにも落ち度があったのだ。

「金利は当行も何とかしますから。さっそく帰って稟申《りんしん》します」

と、支店長は応えた。

和田道則は着任して一か月足らずで、無理のないところではあるが、リョウとはタイプが違い、積極的にいい取引先を訪問しコミュニケーションを取っていく風でもない。弱点が早くも見えてきた。リョウが代わるタイミングで東洋開発銀行もシェアアップを狙っていたんだろう。できれば金利競争はしたくないのだが、今回の引下げはやむを得ない。

会社を後にし、帰りの車の中で支店長と会話した。

「和田の渉外活動は注意していたほうがいいな。あいつはリョウと全然違うぞ」

「そうですね。私も脇が甘かったです。まさか短期資金枠を増額して金利引下げをしてくるとは」

「お客さんに罪はないもんな」

「同感です。同レートに下げましょう」

まさか都銀が逆襲してくるとは想定していなかった。

恒星が席を空けている間、最近はすべて小林次長補佐が勘定系の検印を行ってくれる。そこは非常に助かる部分だ。和田が店に帰ったら応接室に来るようにと伝言を頼み、支店長と応接室へ入り協議した。支店長は十一月の試算表を見ながら前年同月対比を確認しているようだ。恒星は同時期の銀行取引表を見ていた。

協議を始めて十分も経たないうちに和田が入ってきた。恒星が今日起こった出来事を簡潔に説明した。事の重大さをあまり感じさせない反応だった。

「まだ、私は着任したばかりですし、分からない点も多いですが、結果、返済されたことは不徳でした。すみません」

と、和田は言った。

「全く先入観のない客観的に見られる和田さんの意見も貴重なんですよ。この会社の担当者でもありますし、この機会に会社を知るきっかけにもなります。言いたいことがあれば何でも言って下さい」

と、支店長は返した。

和田のあとに「さん」を付け、しかも会話のすべてが敬語であったことには少し驚いた。

少し三人の間に沈黙があって支店長が足元を語った。

「十一月の試算表では前年同月比から見ても増収基調にありますが、収益性は少し落ちていっています。おそらく大豆は輸入品ですから、商品価格の上昇と円安による効果で、原材料価格が高騰しているのが原因じゃないかなと思う。原価率が高くなっているんですよ」

「今回、うちが金利を下げたことによって、金利には敏感になってきたのかも知れませんね」

と、恒星は言った。

「それは決して悪いことじゃないけどな。むしろ経営者として当たり前のことだ」

恒星は十一月の銀行取引表を見て感じたことを言った。

「そもそもこの会社、銀行取引数が多くないですか。全部で五行です。短期資金の調達はメインの東洋開発銀行と当行だけで、あとは長期資金のみの取引です。あとの銀行はどこも長期の反復、反復の繰り返しのようです。この際、一番金利の高い銀行の借入れを一括返済してもらい、一行調達行を減らすようにしたらどうでしょう。手許流動性資金も潤沢にあり、この業種で手許にこんなに残しておく必要もないでしょう」

「最近、いいことを言うな」

「いやいや、前からでしょう」

と恒星は苦笑まじりに返した。

「でも、社長は首を縦に動かすかな。取引銀行の確保をただでさえ気にするからな」

「そこは大丈夫だと思います。うちは色々な提案をやってきて、本業支援にも力を入れてますから。うちのような地方銀行は地域に寄り添ってますから、きっと納得してくれると思いますよ。経理係も一行減れば楽になり、事務の効率化にもつながるはずです」

「どこもそんなに変わらないイメージがあるのだが、一番金利の高い銀行はどこだ？」

「東海信金です。２８００万円の残債で金利は１・８７５％です」

「確かにちょっと高いな。でも強制するような持っていき方は禁物だ。金融機関同士のマナーもある。あくまで社長の判断が重要だ。それと当然ながら、うちの短期枠の金利も東洋開発銀行と同レートの１・１％に下げなければならない。そこは急ぐんだ。これだけはやむを得ないところだ。……いよいよ金利競争になってきたな。元々はうちから仕掛けているしな。まあ仕方ないか」

と、支店長は締めくくった。

和田さん稟議のほうよろしくお願いします、と恒星は告げ、和田は了解した。

最後に和田が口を開いた。

「当行の長期資金のほうは下げなくていいですか」

「それはいい。東洋開発銀行もそこは現状のままだ。和田、連休明けに二人で、はこね豆腐に行くぞ。俺が休み前にアポを取っておくから」

三人は納得した。支店長の話しぶりからは敬語が消えていた。


連休明けの午前中に二人は出掛け、二時間後に帰ってきた。当行の寄り添った対応には感謝されたそうで、思惑通りに事は進むことになったという。やり取りの詳細は聞かないことにした。二人の雰囲気から見て感じ取れたからだ。

和田の硬い表情は少し和らいでいた。でもこれで安心できるものでもない。これで終わりということはないのだ。常に業績推移や他行の取引状況を注視していかなければならない。そして本業支援によるソリューション営業も必要だ。和田にそれが務まるのか、それも注視していく必要があった。


六時半頃、帰りにコンビニに寄って、晩ご飯には珍しくミックスサンドイッチ、ミニクロワッサン五個入りとペットボトルのコーヒーを買って、Ｒｅｓｔに立ち寄ることにした。

靴を脱いで上がる。すぐに受付があり、係の若い女性が案内してくれる。意外と不愛想だった。恒星は既に会員になっており、スマホのアプリを開いてバーコードリーダーを当てられ、入店時刻がチェックされる。「入店ＯＫ」の文字と始業時間が画面上に表示された。

高校生が三名勉強しており、若手起業家と思われる三十代半ばの女性が一人ＰＣを叩いていた。一人用のスペースが空いていたのでそこに座った。軽食持ち込みＯＫと聞いていたが、静寂な雰囲気のなかにビニール袋の擦れる音が鳴り響き恐縮してしまう。音が立たないよう気にしながら日経新聞のグローバル市場欄を開いてみる。新聞紙の擦れる音も気になった。

米長期金利は３・５５０％まで落ち着き、ドル円も１３５円となっていた。ＦＲＢのタカ派姿勢は弱まったが、株価は相変わらず冴えない動きが続いている。リスクオフして良かったとある面安堵する。悪い円安とも言われている。海外相手の上場企業はポジティブで、株価は堅調だが、日本の企業は99％が中小企業だ。今後地方銀行も融資先の業績悪化により、決算に影響が出だすんじゃないかと思ってしまう。

そう思っていたところへ意識高い系の若手男性がＰＣを持って入ってきた。いづらくなってきた。さっと食事をすませて出ることにした。スマホをバーコードリーダーで翳してもらい精算された。十五分単位で２００円、二十分経過していたので４００円かかった。

最後に受付の女性が微笑んだ。少し気まぐれで立ち寄るには場違いだったようだ。昼間は地域のコミュニティーとして活用されているはずだ。やはり目的を明確にして利用しなければならないと思った。それが収穫であった。

13

五月はオミクロン株感染者のピークアウトにより行動制限は解除され、ゴールデンウィークの人出はほぼ通常時に回復していた。

来月の「たんぽぽの句会」は開かれるとの連絡が入った。二月に詠んだ俳句は季節が変わりもう使えない。これから五句詠まなければならない。行動を自粛していたせいか、なかなか句が詠めないでいる。美穂は片付け相談のオンラインセミナーを八名集客し開始するそうだ。十時から一時間半の予定だ。

今日は天気はいいが何もすることがない。NY市場主要三指数もCPIの発表前に大きく下落していた。自宅周辺を吟行することにした。この街は坂が多く、歩くにはいい運動になる。美穂は電動アシスト自転車を利用している。それを借りれば遠くには行けそうだが、あえてゆったりとした時間を楽しむため徒歩を選んだ。

少し急な勾配をあがったところに小さな公園があった。双子と思われる少女等と母親が陽光と共に駆けずり回り遊んでいる。

公園のベンチに座ってみる。長閑《のどか》な風景だ。世間では幼児虐待、窒息死させたなど残酷なニュースが後を絶たない。長閑な風景のなかにもなぜか歪んだ姿を想像してしまう。あいつらのやってることは、神への挑戦か。

いい天気のせいかも知れない。ふと恒星は考える。結局、幼児虐待は殆どが豊かさの格差から生まれるのであろうと。豊かな生活に暴力はほぼ存在しない。金銭的な余裕は心の余裕をも生み出す可能性が高い。

日本は嘗て経済成長率や貿易黒字額の高さから金満の国民だと世界から言われてきた。そういえば最近は全く聞かなくなった。国自体も借金大国になってしまった。銀行員の給与体系もベースアップは三十年前になくなり、定期昇給のみが常態化されてしまっている。若手行員は昔の良き時代のことを知らない。昇進により給与は上がるが、実質的には現状のままだ。行員のみならず日本の若者は、給料も上がって物価も上がって徐々に豊かになっていくという経験をしたことがないし、好きなことにとことんお金を使う意識も殆どない。生真面目で、生活も地味で手堅く、やけに小ぢんまりとしている。このこと自体を問題視するエコノミストも存在するほどだ。

日本全体の所得も平行線を辿っている。給与、物価、金利も変わらず実体経済は成長していない。やはり長期的な資産運用で世界に資産を分散し、積立投信ぐらいはやればいいと思う。若いうちに長期的な時間分散による投資をやるべきだ。投資に絶対はないが、三十年後には信じられないくらい儲かっている可能性は極めて高い。給与水準が低空飛行を続けるであろうこの日本の先において、通常の預貯金で資産形成していくのは不可能だ。取らざるリスクは大敵である。リスクを取らないのが最大のリスクと考える。若いうちに自分の投資スタイルを徐々に確立していけばいいと言いたい。今、目の前にいる若い奥さんはこんなことを知っているだろうか。声をかけたいくらいだが、勿論そんなことはできない。

少し暑くなってきた。桜は大きな葉を纏い、違う存在感を出していた。桜の木の木陰に入ることにした。木の下から公園の柵のほうには雑草が多くはえ、緑が豊かに生い茂っている。

しばらくしていると額の汗は風でどこかへ運ばれ、少し寒くなってきた。俳句を作るはずだったが、違うことばかり考えていた。家を出て既に一時間以上経過していた。

少し回り道をしながら帰ることにした。公園を出て住宅街を歩きながら、運よく二句できた。

夏草に埋もれてひとりキャンプかな
築百年古民家カフェに風薫る

今風でまあまあの出来かなとひとり満足する。でもお年寄りにはピンとこないかも知れない。二句できたこと自体に満足しながら家路に就いた。

美穂のオンラインセミナーは終わっていた。最近軌道に乗りつつあって忙しそうだ。

昼は二人とも卵かけご飯と味噌汁、ちりめんじゃこで軽く済ませることにした。恒星の卵かけご飯は、お茶碗のご飯は少なめにして、直接ご飯の上に卵を落としとろとろになるまでひたすらかき混ぜる。液体状に近い感じだ。そこに宗田節の「ほそ削り」を中央にかけ、醤油を垂らすのだ。宗田節の香りが高く醤油との相性も抜群で最高の逸品だ。美穂は香りがきつ過ぎると言ってあまり好まない。恒星はご飯をお代わりして同じものを繰り返す。おかずはこれと言ってあまり必要ない。十分満足した。

少し昼寝をした。春眠はよく眠れる。寝た瞬間、目覚めた感覚であった。

晩ご飯は近くのコンビニで焼き鳥、春巻、サラダ、総菜を適当に買って、赤ワインでグラスを鳴らした。

美穂は動画配信サービスの会員になっており、最近は洋画をよく見るそうだ。アメリカ映画が多いようだが、男性も女性もコミュニケーションの場では自分の意見をハッキリ言うそうだ。芝居のなかの出来事ではあるが、ハッキリ「Ｎｏ」と声を張り上げるシーンがよくあるらしい。確かに、そう言われればそんな気がする。

映画のワンシーンとは言えアメリカ社会を垣間見ることができる。我々は主体性がないように思う。日本人は自己肯定感も弱いと言われる。要は、自分がどう考えるかが大事。皆、本来はそのはずであるのだが、その場の雰囲気で相手の立場に立ち過ぎてしまう。自分本位でいいはずなのに。

「特にリアルと違ってオンラインセミナーのようにリモートで対話するケースが増えたじゃない。益々内向的になっていくような気がするの。本当は直に会ってはっきりモノを言うことって大事だと思うの。誤解されるケースがあっては絶対いけないしね」

美穂はそう語った。

「筋道を通すこととコミュニケーションを取ることは大事だと思うよ。それがすべてと言っていいくらい。人ってそれぞれ育ってきた環境や考え方がだいぶ違うから、対話しないといけないよね」

と、恒星も語った。そして更に続けた。

「結局、夫婦、恋人同士、仕事では対顧客、支店と本部、政府と国民、中央銀行とマーケット、国と国。すべてコミュニケーションで成り立っている。成り立たなくなれば対立に発展していく。そうなれば、厄介だ」

「そうね。最近いいこと言うわね」

「最近じゃないだろ。だいぶ前からだ」

「俳句やりだして、視野が広がったんじゃないの」

少し間が空いてしまい、そうかもと返してしまった。

日曜日、朝早く目が覚めた。日経新聞に旅のちらしが折り込まれていた。そこで思いがけなくまた二句できた。

日曜日旅のちらしと夏に入る
黒南風《はえ》や揺れる小舟に漁夫《りょうふ》佇《た》つ

季節感先取りで、少し早すぎる感はあるが、自分でいいと思った。いいと決めればそれでいいのだと納得し、早めに箱根に向かうことにした。あと一句だ。

14

六月後半、梅雨のじめじめした季節に、爽やかに株式会社はこね豆腐の小倉社長が最新の三月期決算書の写しを持参し説明に来た。小倉社長、支店長と和田、恒星の四名で応接室に入った。

売上高は4億9600万円、減価償却4800万円実施後、最終利益は2100万円を計上。財務内容も借入金は増加しているが、自己資本率は表面上少し上がっているようだ。

「増収、増益で順調でした。コロナ禍の在宅による内食が寄与し、海外向けビーガン食の商品も好調でした。今期も足元はいい感じです。役員報酬も月額100万円カットしました。五十嵐代理に言われましたから。前期は金利も下げていただきまして、だいぶ収益に貢献することができました。ありがとうございました」

と、小倉社長は感謝の弁を述べた。

「これからは、ビーガン対応の需要が増えていきそうですか」

と、支店長が質問した。

「そうですね。昨年の冬季オリンピックの選手用レストランでもビーガン食が予想より多かったんですよ。特に海外のアスリートには評判が良く、増えていっているらしいんです。サッカー選手も取り入れていっている。日本は未だそこまで認知されてないんですが」

と、小倉社長は答えた。

輸出が増えていくと、やはり都銀の取引が優勢となるが、そこは仕方ない。外為となると当行の支店では取次業務となってしまい、スピード感がなくなる。都銀にはかなわないところだと恒星は感じてしまう。

話題を変えようと株式会社Ｒｅｓｔの業況を聞いてみる。

「四月スタートで始まったばかりで、未だ何とも言えないんですが、雰囲気はいい感じです。同業者の事例も見てもいるんですが、地域性や規模も違っていて参考にならないケースもあるんです。それでもいいところは参考にしながら、箱根らしい独自性を作っていけたらいいなって思ってます。また何かいい意見があれば言って下さい」

と、小倉社長は述べた。

「実はある日、退行後Ｒｅｓｔに立ち寄ったんです。しかもコンビニでパンとコーヒーを買って。高校生が真剣に勉強し、意識高い系の方がＰＣで作業してました。ふらっと寄るには場違いでした」

と、恒星は言った。

「そうですね。夕方から夜にかけて勉強されている方が多いようです。昼間は割と高齢者の交流の場になってます。昼間来られたら雰囲気もがらっと変わると思いますけど」

と、小倉社長は言ってくれた。

恒星は閃いた。高齢者向けに投信のセミナーを開いてはどうかと。参加者数を限定し、Ｒｅｓｔの利用料は銀行経費で企画すれば集まってくれるんじゃないかと思った。小倉社長にそれを提案してみた。即、賛同してくれた。小倉社長にとっても良かったようだ。

すぐに安岡にこのことを伝えた。企画部にパンフレット作成依頼を指示し、恒星はこの企画の許可を得るための本部電子稟議を作成し、その日に承認となった。

午後の早い時間に和田道則の融資稟議が回ってきた。老舗温泉旅館〝卯月〟を経営している株式会社一期一会への運転資金１０００万円のプロパー資金だ。リョウが担当していた先だ。前期に当行で既にコロナ対策資金としてプロパー資金２０００万円を実行済みである。前々期は保証協会付融資を１０００万円利用済みだ。コロナ禍における人材確保のための人件費だ。

コロナ以降、借入金は急拡大し、メインの箱根信金を含む四行の借入金総額は1億2000万円に膨らんでいる。二期連続赤字計上ではあったが体力はまだ温存されており、自己資本額は3000万円程度確保されている。緊急事態宣言による行動制限と制限解除を繰り返し、借入金は膨らむ一方で客足は遠のいていく。前に実行した証貸の返済は三か月前から始まっている。経営改善計画書なんて何の役にも立たないし、こんな状況下では意味をなくしていた。最悪の状態が続いていたのだ。

恒星は支店長と和田を応接室に呼び、協議をすることにした。

恒星がまず切り出す。

「運転資金は運転資金でも何に使うんだ。人件費と稟議には書かれてあるが、もう少し具体的に書けないのか。どんな感じだ。そんなにいっぺんに要るのか。実際は何に使うんだ」

和田は答える。

「資金繰りのための資金も含まれています。証貸の返済も始まりました」

支店長が発する。

「それじゃあ、借入金は膨らむ一方で、資金繰りは益々苦しくなっていくぞ。返済を再度止めるほうがいいんじゃないのか？　まだ、旅館は本格営業をしていないのに、人件費って必要か？　本当に今も人を雇っているのか？」

和田は無口になってしまった。

「確かに資金があれば当面安心感はあるだろうが、銀行は基本的に、必要とされるタイミングで融資を実行する。何にいつ使うのか、もう少し具体的に聞いてこい。何に使うのか分からない資金は出せないぞ。そこがはっきりしなければこの案件は無理だ」

と、恒星は告げた。

和田が自信なさそうに言った。

「500万円でもダメですか」

「金額の問題じゃない。さっきから言ってるだろう。分からんのか、俺の言っていることが。最近の決算書二期分でいいから見せてみろ」

恒星の声は段々荒々しくなってきた。最新の二月期決算書を見て、あることに気が付いた。

「直近の試算表で、2000万円の長期借入金と同時に代表者への短期貸付金が2000

万円計上されているぞ。もしかして代表者に流用されているんじゃないか？　何に使われたんだ。不透明だぞ。通常はこの２０００万円は不良化すべきだろう。これはどういうことか、内容をすぐに聞いてこい」

　和田はすぐに席を立った。


　そして夕方四時過ぎに帰ってきた。再び三人は応接室に集まった。

「弘田次長が言われた通り、代表者への貸付金でした。ドイツのスポーツカーを買ってました」

「どうゆうこっちゃ。どんなつもりでいるんだ、あの社長は。短期貸付金の２０００万円は不良資産じゃないか。そもそも短期的に返せないだろ」

と、支店長は声を荒らげた。

　本来であれば、銀行特有の方法で財務内容を吟味して修正する作業があり、このケースは明らかに不良資産に該当するのだ。

　すぐに審査部へ連絡し、書面で「事情書」を提出するよう指示が出て、恒星は従った。

いくら長期運転資金でもこれはアウトだと思ったが、審査部からは社長へ厳重注意することで何もお咎めはなかった。

支店長は一人で株式会社一期一会に向かった。個人への実行資金流用は企業の信用を失う。会社からの借入れに対し金銭消費貸借契約を結び、短期貸付金から長期貸付金へシフトさせ、分割返済を勧めるための話をしに行った。

支店長が帰店し三人で応接室に入った。

「話つけてきた。金銭消費貸借契約を締結するよう働きかけ了解した。それができれば写しを届けてくれるそうだ。それを確認すれば不良資産に修正しなくていいからな。それから証貸の元金返済は猶予だ、稟議を上げろ。全行にお願いするそうだ。借入れを増やして改善の方向へ行けばいいのだが、この状況下では無理だ。逆に悪化していくだろう。追加融資はすべきじゃない。社長は納得した」

と、支店長は厳しい目つきで言った。

その後直ぐに支店長は外出した。きっとどこかで一人、休憩したいんだろうと推測する。流石に車は売ることはできなかったか、と恒星は思った。

その後、営業室で和田は不満げに言った。

「そもそも、ここに融資したのは前任者ですよね。なんで私がこれほど強く言われなきゃならないんですか。来たばっかりだし」

「直近の試算表で短期貸付金のことを見抜けなかったことは落ち度だろうが。事務的にやろうとするからこうなるんだ。『一期一会』の社長と普段どんな話をしてるんだ」

と、恒星は強く言ってしまった。

「そこまで言わなくてもいいでしょ。まだこの支店に来たばっかりで、顧客の要請はひとまず受けようとするでしょ、普通」

「経験豊富なベテランのくせして、まだ来たばっかりって何回も言うな、何言ってるんだ」

「なにぃ⁉」

支店長が再度外出していたせいか、二人の口調は荒々しくなっていた。

そこに止めに入ったのは小林次長補佐だった。

「和田さん、それくらいでいいでしょ」

「何にも知らないやつが、何言ってるんだ、この野郎！」

と、和田は更に暴力的に発してしまった。
普段温厚な小林次長補佐も透かさず、
「なにを⁉　この野郎とはなんだ！　誰に向かって言ってるんだ！」
と、強く発した。
和田は興奮しており、何か違う者が降りてきて別人と化していた。
この日を境に二対一、つまり恒星と小林対和田は犬猿の仲になってしまった。

支店長は五時過ぎに帰店した。皆が退行したあと、恒星はその日の出来事をすべて支店長に報告した。

その日から、支店の空気は重たくなった。あからさまに和田は恒星と小林に何も話そうとしない。朝と退行時の挨拶もしないほどになった。必要最小限の仕事以外の会話は一切しないのだ。職場では信じられない光景であり、それが週末まで続いた。次に何か起こったら、再び大噴火をしそうな雰囲気があり、彼がそばを通るたびに緊張が走る。
元はと言えば、恒星との間にできた互いの溝だった。何か隙を見せると今度は反撃されるのは目に見えていた。天敵だと感じた。その日は緊張感を連れ下げて帰宅した。

今日起こった出来事を反芻してみる。

できれば和やかな風通しのよい職場作りを目指したいところだが、現状は、互いに敵であり、次にどう反撃しようかと常に潜心している。このまま時間が経ち解決できればいいが、人の恨みは恐ろしい。忘れているようで、ある日突然何かのきっかけで蒸し返し、争いが再発されるケースは今まで何度も見てきた。

ウクライナ情勢を思い浮かべてみる。元々は親ロシア派も国境付近には多く存在し、平和であったはずだ。選挙で親ロシア派が勢力を弱め、西側諸国寄りに体制が変わっていったのがきっかけだ。そこにロシアが危機感を抱き侵攻したのだ。理想は祈って平和が訪れることだ。日本も周辺国に対して同じである。でも現実は大きく違う。武器を持たざるを得ないのだ。誰もが自宅には鍵をかける。防犯システムを設置するケースもある。すべて自分を守るためである。

明日は二時から四時までＲｅｓｔでの金融セミナーだ。週末であり、明るい気分で横浜に帰りたいと思い、明日に備えた。

当日を迎え、安岡と同行訪問した。参加者は八名で、男性三名、女性五名で、七十歳から八十歳代の方々だ。一時五十分に着いたが既に全員集合していた。

講師は安岡に任せ、恒星はフォローに回った。構成は安岡に任せてある。

「本日はお忙しいなか、お集まりいただきありがとうございます」

と、まずは恒星のありきたりな挨拶で始まった。

「全然忙しくないですよ。暇で暇で仕方ないんです。早く始めて下さい」

と、隅田という活発そうな女性が発した。

「はい、ありがとうございます。早速始めていきたいと思います。私は横浜みらい銀行箱根支店で金融商品を専門に営業している安岡沙結と申します。今日は投資信託と運用型の生命保険についてお話しさせていただきたいと思います」

と、安岡が言って始まった。参加者の手元に投信のパンフレットが配られてある。安岡は投信主体に説明するようだ。

「皆さん、投資信託ってご存じですか？　ご経験ございますか？」

約半数の方が過去に日本株の個別銘柄、株式型の投資信託を経験されていたが、誰も成功体験がなく、投資には良い印象を持っていない様子だ。

隅田が切り込んだ。

「今、ウクライナ情勢の悪化とかあって市場は不安定ですよね。なかなか投資するのは怖いわ。前に損したこともあるし」

そこで安岡が透かさず返した。

「何年くらい前ですか」

「十三〜十四年前かしら」

「それはリーマンショックの時だと思います。投資は、実はいつ始めてもリスクは付き物なんです。単純に言えば、個人投資家は逆張りと言って、下がった時に買うというのが鉄則です。リーマンショックが起きる直前は基準価格は上がっていましたよね。確かに今、市場はウクライナ情勢の悪化や資源価格の高騰によって下落しており、いいイメージはないかも知れません。でも景況感が悪化し、投信では基準価格が下がっている時が、過去を振り返っても買い場で、利益が出る可能性が高いんです。逆に景況感が良く投資にはリスクが低いと思われがちな時には落とし穴があります。もちろんどの商品を選択するかにもよりますが。私は断然、今が買いで、外国株式型の投信をお勧めします」

脇田という男性が質問した。

「順張りっていうのがあるだろう。流れに沿っていくのはどうしていけないんだ」

「順張りは、機関投資家や短期投機筋などの市場関係者が、経済指標や企業決算の発表を見ながら瞬時に売り買いをしています。私どもはそういったプロの方に準じて勝負できないんです。絶対に負けますから」

と、安岡は答えた。恒星が更に続けた。

「今、外国株式型の投信をお勧めする理由がもう一つあります。円安効果が期待できる点です。アメリカもヨーロッパも物価上昇を抑制するために金利を上げていってます。日銀の金融政策は若干引締の方へ変えた感はありますが、基本的には現状維持なので、金利差の拡大が今後も予想されるため、まだ円は売られやすい傾向にあります。少しでも金利の高いほうにお金は流れていきますから。例えば信用金庫などがキャンペーンで定期預金金利を上げれば、そちらにお金を持っていきますよね。それと同じです。円安効果って大きいんですよ。ドル円が130円から140円になれば7％くらい押し上げられますから」

隅田が言った。

「なんか話聞いていると面白いわね。私乗ってきちゃった。今が買い場なのね」

「投資は自己責任です。最終は皆さんの判断です。どの程度リスクを取れるのかは皆さんの考え方次第なんです。でも間違いなく言えるのは、経済の勉強になりますよ。生涯学習っていい響きだと思いませんか。私は好きです」

と、恒星は語った。

安岡は米国株式のインデックス型の投信パンフレットを配りだした。

「今皆さんのお手元にお配りしたのは、アメリカの株式インデックス型投信のパンフレットです。年二回の決算で六月と十二月です。決算が良ければ配当が出ますし、出なかったとしても値上がりを楽しみにすることもできます。ご興味のある方は、パンフレットに私の名刺を添えてますので、遠慮なくお電話下さい」

と言って投信の話は素早く終え、運用型の生保に話は移っていった。

「皆さん、まず相続税の基礎控除額ってご存じです?」

何も返答がないから安岡は続けた。

「3000万円プラス600万円×法定相続人数です。例えば夫婦と子供二人の四人家族で夫が亡くなれば、相続財産のうち4800万円は控除されるしくみです。それ以上資産があれば相続税が掛かってしまいます。相続財産は金融資産だけではありません。固定資産も含まれます。でも生保を利用すれば、相続人一人あたり500万円を財産から逃がすことができるんです。いわゆる相続税対策です。今は外貨建ての生保が金利が高くてお勧めです。これは通貨ベースで元本は確保されます。日本は金利がゼロに限りなく近いのですが、例えば米国通貨建てだと金利は3・6%くらいあります、しかも金利は10年固定で。1000万円で単純計算で為替レートが同水準だと毎年36万円入ってきます。毎年為替レートの影響を受けますが、十年でざっと360万円。終身なので、生きている限り入ってきます。十年後の金利は現時点では分かりません。途中解約もできますが、その時には管理費用とか差し引かれますので、元本割れが発生する可能性があります。十年後に解約する時も同じで、金利情勢によって元本割れは発生する可能性があります。ここまでで、どうですか。でももともと終身型の保険なので、解約は前提とはしないほうがいいんですよ」

男性陣は静まり返っている。

「そんないい話があるの。預金金利はただみたいなもので、銀行に行って定期を書き換えるだけでも利息より交通費のほうが高くついちゃって、ばからしいわ。時間ももったいないしね」

と、市川という女性が発する。更に続けた。

「相続税対策っていうほど財産はないけど、毎年固定で、しかも3・6%の金利は魅力ね。為替レートの影響を受けるっていうけど、今後はどうなの?」

「あくまで予想ですけど、足元は円安基調にあります。アメリカは金利が上昇していきますから、今後も円安基調は続くと思います。十年の間、為替レートを先読みするのはできませんが」

と、安岡が返す。

「多少の変動は楽しみかもしれないわね。定期預金で使う予定のないものを十年以上持っているの。今の金利は0・02%よ。100万円で200円しか利息は付かないわ。ちょっとだけど定期を動かしても良さそうね」

「ぜひ、具体的に提案させて下さい。やる、やらないは勿論お客様の自由です。納得がいって下さればいいことですし。説明を聞いても損はないと思います」

と、安岡は言って、提案するための同意書に市川と隅田からサインをもらった。

時間が足りなかったが少しは伝わったようだ。何か芽がありそうなのは、この女性二人だけだったが、十分情報は伝わったと思う。

それにしても男性陣は穏やかだった。引退後は女性陣のほうが覇気に溢れ前向きだ。女性のほうが長生きするのだ。リスクを取る姿勢は対照的だった。

明日は十月以来の「たんぽぽの句会」だ。今月は土曜日の開催だ。あと一句作らなければならない。

いい週末だった。今日は仕事を早く終え、自宅に帰ることにした。

土曜日の朝、テレビの旅番組をぼーっとして見ていた。愛媛県から桜鯛の刺身を食べるリポートを見ながら思いついた。

桜鯛のどかな顔の活作り

よしこれで五句できた。もう作ってしまえばこっちのもんだ。点数は低くてもいい。地域との付き合いだし、誰からも若いって重宝される。五十八歳過ぎて若手と言われるのは俳句会ぐらいのものである。

当日、ぞくぞくとメンバーが集まりだした。今日は六人だ。

「未知鳴」さんがいつも座っていた場所には花が飾られてあった。皆「未知鳴」さんに祈りを捧げる。次の瞬間には世間話が飛び交い、いつもの笑いが絶えない俳句会の雰囲気になってきた。

恒星は五句発表した。

夏草に埋もれてひとりキャンプかな
築百年古民家カフェに風薫る
日曜日旅のちらしと夏に入る
黒南風や揺れる小舟に漁夫佇つ
桜鯛のどかな顔の活作り

恒星の自信作は「夏草に埋もれてひとりキャンプかな」であったが、1点も入らず、点が入ったのは「桜鯛のどかな顔の活作り」が特選で3点と、「日曜日旅のちらしと夏に入る」が1点で合計4点であった。まあいい。皆、それぞれ感覚や好みが違う。人生経験も違っており、その違いが面白いのだ。一人一人、皆違う宇宙を持っているようだ。

「最近仕事のほうはどうですか？」

と、鋳物製造会社の会長である俳名「末広」さんが話しかけてきた。八十歳を超えられ白い髭にベレー帽がお似合いの小洒落れた高齢者だ。

「銀行の支店としては少人数なんですが、人間関係ってやはり難しいですね」

と、答えを求めるように答えた。

「少人数だからこそ大変な面もあるのでしょうね」

「店内で言い争いになりましてね。一度揉めたらややこしいんです。苦手な人をつくっちゃいました。天敵って感じになりました。人って難しいですよね」

「それはそうでしょ。ここにいる人間もごらんの通り、一人一人全然違うでしょ。考え方も発想も全然違うんです。一緒だったら怖いでしょ」

と言ってくれた。そして更に告げてくれた。

「天敵って、生きていくうえで必要なんです。天敵の存在に感謝しなくちゃ。動物も天敵という存在がいて進化してきているんです。天敵がいると身構えて気持ちが入るでしょう。負けまいと考え、対策を練り実行して成長していくんです。動物も人間も、生きていくうえで同じじゃないですか」

凄い発想だ。いくつもの修羅場を潜り抜けてきた人生経験豊富な方の考え方だ。恒星はいかにしてコミュニケーションを取ってやっていくか、やりやすさばかりを考えていた。

「天敵の存在には自分が成長していくうえで感謝する、ですか？」

と、恒星は同じことばを返した。

和田道則の存在に感謝か？　だいぶ違和感があるが、少しはいい話が聞けて気が楽になった。

「恒星くんも大変だな。でも次へのステップとしていい経験になると思うよ。どの方向に行って良かったのかは、あとになって振り返らないと分からないもんなんだよ。その時は必死だからさあ。でも何かを信じて進んでいくしかないよな。結果はあとにしか出てこないんだから」

ベレー帽を被った姿にロバート・ジョンソンのような渋い声が心に響いた。「天敵の存在に感謝か？」……気を持ち直して箱根に向かった。

15

週明けの朝、開店前に支店長に三人が応接室に呼ばれた。入口の手前のソファには支店長と恒星、奥側に小林と和田が並んで座した。

支店長が口を開いた。

「色々とあったんだろうが、また前のように明るくやってくれないか。皆が協力し合わないと支店経営が成り立たない。今のままじゃあコミュニケーションを取りづらいだろ」

恒星も続いた。

「このままだと業務にも支障が出てくる。また、皆で協力し合ってやっていきましょう」

ありきたりの言葉だが、気の利いた台詞は思い浮かばなかった。句会での「末広」さんの「天敵の存在をありがたく思え」の言葉が頭の中を過っていた。

真正面に座している和田が、

「すみませんでした。あまり何を言ったか覚えてはいないんですが、色々とお騒がせしました。先輩に向かって〝なにをこらあ〟とか叫んだんですよね」

と、小声で詫びた。具体的に何を言ったのか和田は記憶していなかったようだ。でも本当だろうか。あれだけのことを叫んでおいて覚えていないというのは。酔った勢いで暴言を吐いたわけではない。いや、酔っていたとしてもあれだけのことを言ってしまえば、自分で自分のことが怖くなるのではないかと思う。しかもこの人は素面《しらふ》で言ったのだ。確かに興奮はしていたが、あまり覚えていないというのは俄かに信じがたい。

「気を取り直して、また頑張っていきましょう」

と、小林も同じようなことを言って一応は四人とも納得した。


それからと言うものの、和田から回ってくる資産査定の書類や金融稟議書、事業性評価表は、誤字、脱字、辻褄が合わないものなど不備だらけだった。付箋を貼りまくり付き返す。本当の彼の姿はここまで酷くないはずだ。明らかに手抜きで「やっつけ仕事」そのものだった。付箋だらけで彼の机の上へ返すも、何のリアクションもない。大きめの付箋へコメントを記すも無反応だったのだ。

渉外活動の成績も芳しくない。金融商品の知識がないのはこの年代ではまあまあることなのだが、それにしても投信の基準価格の推移やマーケットにはまるで関心がない。投信の損失が出ている顧客のフォローもセンスに欠けており、やる気が全く感じられなかった。外貨建ての生保なんて当然説明できるはずもなかった。

朝と退行時の挨拶も、恒星と小林にはしない状態が続いている。支店の空気も未だ重たいままで、彼は何を考えているのか分からない。天敵どころではない。このままではこっちの精神が壊れてしまう。

終業時刻を過ぎ、恒星と和田の二人だけが残っていた。今しかないと思い、このタイミングで天敵に向かって、「ちょっと」と声をかけて応接室に誘い、二人で腹を割って話すことに踏み切った。何か気にくわない方向に話が更に進めば、言い争いになるどころか、取っ組み合いになる可能性だってある。そんな雰囲気を醸し出していたが、勇気を出して恒星は切り出したのだった。

「退行時間の間際に済まない。渉外でバタついているように見えるんだが、何かやりにくいことでもあるんですか」

同い年で部下行員ではあるが、半分敬語で気遣った。

「…………」

和田はしばらくの沈黙のあとに重たい口を開いた。

「弘田次長はまだいいですよ。次長職ですから。私ももうすぐ五十八歳になります。この職位でどんなに頑張ってももう昇進は絶対ないんです。この状況で、渉外で活躍しろって無理じゃないですか」

和田の言っていることは大方当たっていた。でも恒星は反論した。

「一部の本部行員を除いて和田さんの言っていることは当たっていると思う。でも業務的に事務処理ばかりしていては収益に結びつかない。融資量を伸ばし、個人ローンや金融商品を獲得して、支店で上げた収益が本部に吸い上げられ、すべての行員に配分される。そう考えるのが現実的であり筋だとも思うけどな、それが渉外でしょう。職位のことを言ったら切りがないし、給料も貰ってるし、ここにいる限り全力で頑張らないといけないと思うけどな。渉外をフォローするものが店内にも本部にもいる。うまく活用して成果もでれば、和田さん自身も嬉しいだろうし、お客さんにも感謝されれば最高だろう。今の給料以上の価値はあると思うけど違うかな?」

一般論になってしまった。

大手企業の定年は延長化の流れだが、銀行だけはそれに逆行している。店舗統合や人員削減の方向に都銀も舵を切っているぐらいだ。やはり日本の激しい人口減少が金融機関に大きな影響を与えている。

　和田はまだ不満げな表情でいるが、僅かな沈黙のあと一言言った。

「どこか今までの経験でもっと本部で活かせる部署があると思うんです。推してくれませんか。必ず役に立てると思います」

「私にそんな人事部に推せる権限があるはずないでしょ。まだ和田さんはこの店に来たばかりだし。それに査定や稟議、事業性評価も不備だらけですよ。本部ではもっと正確な業務が要求されます。大丈夫なんですか。まずはしっかり今の業務をこなすことが大事だと思いますけどね」

　と、恒星は返した。和田の返答はなかった。

　時間もなくなってきた。一昔前なら飲みに誘いお茶を濁すところだが、コロナの感染はピークアウトしたとは言え、行員同士の飲み会は禁物だ。もしコロナに感染して二人で飲みに行ってましたってことになれば、療養で出勤停止だ。地域の社会問題にまで発展する可能性もある。支店長の責任問題も出てくる。なにより自分の身が心配だ。人間関係のギクシャクした一因はコロナ禍でのコミュニケーション不足にもあると思う。やはりフェイス・トゥ・フェイスのほうが気持ちが伝わるのだ。この男とはもう手遅れかも知れないが。

午後七時を回っていた。時間外手当がまた付いてしまった。お互い「お疲れさま」の言葉も交わさなかった。気は晴れぬまま急いで退行した。

明日は週末だ。何とか気分よく家に帰りたいと願った。

帰りコンビニに立ち寄り、晩ご飯に、たこのバジルソース和えサラダ、春巻、シーフードのカップ麺と赤ワインを買った。いま時珍しい長い黒髪に黒のパンツスーツが似合う素敵な女性とすれ違った。年齢を想像する暇もなかった。振り返るのをグッと堪え、一日の終わりに出逢ったことに感謝した。

赤ワインをグラスに注ぎ、ビールを飲むように一気に喉を通過させた。赤ワインの風味は朧げにぼやけた。もう一杯胃に流し込む。今日は味なんて分からなくていい。急速に酔いは回っていった。ふらふらになってベランダに出てみる。今日は満月であったが、朧月でもあった。酔いで目がぼやけ、朧月が一層朧げに見えた。しかし美しく見えた。こんなに美しい朧月を見たのは初めてだった。俳句を始めていなかったら、こんなには美しくは見えないのだろうとも思った。

酔いが覚めながら考えた。人間社会の渦巻く姿は、蠢動する宇宙そのものだ。

やはり一度、地球を脱出したい。宇宙旅行を美穂と二人で必ず実現する。宇宙は魅力的だ。宇宙ビジネスの進化で人々の移動時間は短縮されていく。サブオービタル飛行と言われるものは、宇宙空間を経由することで、大気による抵抗をあまり受けずに地球上の二地点を高速で結ぶことができるそうだ。旅客機だと、東京―シンガポール間が七時間十分かかるところを二十八分で行ける。ニューヨーク―ロンドン間は七時間五十五分のところが二十九分だ。「ドラえもん」にあったどこでもドアが近い将来現実のこととなる。人やモノの移動が劇的に短縮され、経済に好循環を与えるのだ。

時間はお金と同じだ。夢に向かった欧米のビジネスやそれに期待する投資家は多く、見ているほうもワクワクする。それに対する日本国内の報道はなぜか控えめだ。

日本全体が夢を持たなくなってきている。宇宙旅行も一人2000万円～5000万円で行けるようになることをニュースで聞いたこともある。株式の運用で出た利益はプールしてある。実現は十分可能だ。絶対実現するぞと誓い、スマホのメモに〝美穂と二人で宇宙旅行をする〟と記録した。

次の日は朝から雨が降っていた。相変わらずこちらから挨拶をしても和田は挨拶をしない。小声でしているかも知れないのだが、聞こえないのでしていないのである。

雨の日の渉外は店内に籠もることが多い。合羽を着て50 ccのバイクでの移動は効率が悪いからだ。どうしても出ていかなければならない場面では支店長用の車を利用する。

支店長は外出していた。和田は今日は一日いるようだ。何一つ誰とも会話せず淡々と融資先の資産査定の資料作成の事務作業をしている。安岡が和田の真ん前の席に座っており、机と机の間にはパーティションが置かれてある。渉外係の席は恒星の席の左斜め後方に位置しており、微妙に会話が聞きとれる距離であった。

「こんな雨の日は、残務整理ができるのでいいですね。たまには雨も必要ですよね」

安岡が話しかけていた。

「本当は天気のいい日に外に脱出するのが一番気持ちいいんだけどね。中にいるのはどうも息苦しいんですよ」

と、和田は本音を話していた。

再び安岡が話しかけた。

「大変ですね。資産査定とか融資稟議に追われて」

「最近はそれに事業性評価表の資料作成に時間がかかる。本業支援やソリューション営業、個人ローンや金融商品もあって、それで早く帰れだろ。昼飯もろくに食えないままで、男子行員は大変だぞ」

「はい分かります。私には絶対無理。男女平等とか女性の管理職の登用とか世間では言われてますけど、銀行に結びつけるのは無理がありますよね。体力いりますもん、実際。女性で良かったって思います。早く帰るために昼抜きなんて、意味ないですよね。毎日続いていたら身体壊しますすよ」

「そうだな。歳も歳だし、身体壊しても銀行はあまり面倒見てくれないしな」

「そうですよ。健康のことも考えたほうがいいですよ。まともにやっていたら長生きできませんよ。将来必ずガタが来ると思います。銀行員の寿命って短いらしいですよ。気を付けて下さいね」

和田の体躯を見ていれば決して健康そうには見えない。きっと血圧も体脂肪率や内臓脂肪率も高めなんだろう。だが、毎日のように昼飯が食べられないのは異常だ。着任の当初はそんなことはなかったはずだ。そうか。ひと悶着あって人に頼めなくなったことが要因だ。今となっては仕方のないことなのだ。人間関係はそう簡単に修復できるものではない。余程大きなきっかけでもない限り不可能だ。

郵便はがき

料金受取人払郵便

新宿局承認

7553

差出有効期間
2024年1月
31日まで
（切手不要）

160-8791

141

東京都新宿区新宿1－10－1

（株）文芸社

愛読者カード係 行

ふりがな お名前			明治　大正 昭和　平成　　年生　　歳	
ふりがな ご住所	□□□-□□□□			性別 男・女
お電話 番　号	（書籍ご注文の際に必要です）	ご職業		
E-mail				
ご購読雑誌（複数可）			ご購読新聞 新聞	
最近読んでおもしろかった本や今後、とりあげてほしいテーマをお教えください。				
ご自分の研究成果や経験、お考え等を出版してみたいというお気持ちはありますか。 ある　　ない　　内容・テーマ（　　　　）				
現在完成した作品をお持ちですか。 ある　　ない　　ジャンル・原稿量（　　　　）				

書　名			
お買上書店	都道府県　　　市区郡	書店名	書店
		ご購入日	年　月　日

本書をどこでお知りになりましたか?

1.書店店頭　2.知人にすすめられて　3.インターネット(サイト名　　　)

4.DMハガキ　5.広告、記事を見て(新聞、雑誌名　　　)

上の質問に関連して、ご購入の決め手となったのは?

1.タイトル　2.著者　3.内容　4.カバーデザイン　5.帯

その他ご自由にお書きください。

(　　　)

本書についてのご意見、ご感想をお聞かせください。

①内容について

②カバー、タイトル、帯について

弊社Webサイトからもご意見、ご感想をお寄せいただけます。

ご協力ありがとうございました。

※お寄せいただいたご意見、ご感想は新聞広告等で匿名にて使わせていただくことがあります。

※お客様の個人情報は、小社からの連絡のみに使用します。社外に提供することは一切ありません。

■書籍のご注文は、お近くの書店または、ブックサービス(0120-29-9625)、セブンネットショッピング(http://7net.omni7.jp/)にお申し込み下さい。

和田は天敵のままでいいと恒星は考える。自分が進化するチャンスを与えてくれる。迎合する必要は全くなかった。

和田が小林に金融稟議書を手渡した。個人フリーローンの本部稟議だ。既存融資の月越え延滞の実績が過去にあれば本部稟議となってしまう案件だ。規程に則って不備がないか確認し、短時間で流すように支店長に回されていた。支店長は小林を信用し、いつものコメントを添えて融資稟議システムで本部に送信する。和田の手を離れ、十五分程度で本部に流れていった。ところが、その二十分後に揉め事は発生した。本部の担当審査役から直接和田に電話が入り呵責されたのだ。フリーローンの返済日を間違っていたのだった。本来、返済日は自由に顧客が決めるのだが、この商品は返済日が十日と決められていた。すぐに和田は支店長に報告した。

「審査役から怒られまして、返済日の入力が間違ってました。システム上で支店長のＰＣに差し戻しされます。すぐに直しますので私に返送してください」

支店長は機嫌悪く嘖き荒れた。

「なにぃ⁉　それくらいきちんとしとけよ！」

「そんなことくらい確認しとけよ。何やっているんだ！」

と、小林も続いた。

そこで和田が噴き返した。

「最初に確認不足だった私がまず悪いのは認めます。でもお二人も見てくれたんでしょ。結果間違ってて本部から付き返されて、そこですべてを私にぶつけ返してきますか⁉　酷くないですか⁉」

と、反論した。和田は感情をストレートに出している。

元々人間は感情でできた生き物だ。感情を受けること自体は避けられず、感情自体が悪いわけではない。皆某《なにがし》かの感情を受けながら日常的に過ごしているのだ。ただその感情を理性でコントロールできる人間とそうでない人間に大別できる。ケースバイケースだが、今回の和田は明らかに後者のほうだった。だから嫌われるのだ。どっちが正しいのかは分からないし、答え自体がないのであろうと感じる。ただ受ける側のストレスは溜まる一方である。

少し間を開けて小林が小声で詫びを入れた。支店長はムッとして黙っている。

和田の言っていることは正当であるが、どうもしっくり来ない。罪は三等分にされるべきであったが、どうも違うような気もする。和田には責めつけられる大きな要因があったからだ。日頃、周りの行員とコミュニケーションをろくに取っていない。日頃、内に秘めている行員の不満が、このことをきっかけに異物としてぶつけられたのだ。このことを和田は理解していない。マーケット用語にあるように〝木を見て森を見ず〟の姿そのものであった。

恒星の人間関係の悩みは益々深まっていった。逃げ出したい気分だった。

山田志音が和田のそばに寄ってきて言った。

「組織ってそんなもんよ。いちいち腹を立てていては駄目。あなたは自分のことしか考えてないから駄目なんじゃない」

と、軽く告げられ、和田は更に噴き出すんじゃないかと思ったが意外と落ち着いた。

恒星も若かりし頃には様々な場面で信じられない光景を目の当たりにしてきた。県外支店で勤務の時だ。支店長と中堅どころの渉外行員との融資稟議でのやりとりである。金利の設定理由の文面が悪いと何回も突き返され、一方的に罵られていた。最後に支店長は切れた。立ったまま三回目に手渡された融資稟議書を見るなり平手打ちを食らわしたのだった。そのあと「他行の金利状況が違うだろ！」と怒鳴った。手よりも口のほうがあとから出たことにも驚いた。

平謝りを繰り返していたその顔からは鼻血が垂れていた。その時は午後九時を回っていたように思う。退行時間は今では信じられないくらい遅い時代だったのだ。

その後二人は飲みに行ったが、散々付き合わされ、帰ったのは深夜二時を回っていたそうだ。多分、鼻血が出たことはアルコールによってお茶を濁されたのだろう。次の日は何食わぬ顔でお互い笑い合いながら出勤してきたのだった。


一時期、フィンテック（FinTech、金融Ｆｉｎａｎｃｅと技術Ｔｅｃｈｎｏｌｏｇｙを組み合わせた造語。金融サービスと情報技術を結びつけた様々な革新的な動き）で金融機関の改革を促された時期もあったが最近は言わなくなった。ＰＣによる事務作業でシステム化やペーパーレス化は進んだが、その実態は大幅に時間を奪われ、紙の使用は逆に増えていった。ＰＣの作業は通信速度に問題があり入力や登録作業に相当時間がかかるのだ。紙ベースで一言コメントを書き押印するのに数秒でできる作業が四〜五分かかってしまう。ペーパーレス化によってＰＣの画面を見る機会は増えたが、どうも見づらく結局のところ紙にプリントアウトしてしまい、シュレッダーにかける紙は増える傾向にある。新たな帳票類は増える一方で、減ることは滅多にない。

機械化は文書類の保存や廃棄作業を考えれば一長一短があるのだが、結果的には非効率な感じは否めない。事務効率アップに向け、もう少し改善の余地はあると思われる。金融業界のデジタル化は進んでいっているようには感じられない。欧米からは大きく水をあけられているようだ。

特に渉外行員は顧客と対話する時間が益々減っていっている。店内では現状でどうすれば効率よく作業が進むのか、コミュニケーションを取りながら最善を尽くしていくしかなかった。


金曜日は見事に晴れわたっていた。梅雨も明けたかも知れない。

開店直後、Ｒｅｓｔで金融セミナーに参加していた隅田さんが投信を買付けに来店した。よく質問をされていた女性だ。

応接室に案内し、安岡と同席した。安岡が今日も「米国株式のインデックス型」の投信について熱く語っている。

「アメリカには世界を代表するような優良企業がたくさんあります。ドルの通貨価値も金利上昇によって上がっていってます。資源高や商品価格の上昇、ウクライナ問題で世界景気の減速感はあり、株価は大きく調整されていますが、私は年後半から復活すると思います。ウクライナの問題も長期化しそうなんですが、コロナの時もあったように、これからはウィズ・ウクライナになってくると思ってます。景気減速感のあるなかでの利上げは懸念されるところですが、最近、私は思うんです。財政出動と金融緩和によって溢れた資金は未だ残されたままです。何かのタイミングで市場に戻ってくるんではないかって。今の下落した場面では買いかなって思います」

いつにも増して情熱的だった。彼女は心から投資の重要性と商品の素晴らしさを感じているのだ。決して獲得したいがための熱いトークではない。お客さんはセミナーの時と違って威勢の良さは感じられず、やけに大人しく礼儀正しかった。

「円安効果ってしばらくの間期待できそうかなって自分なりにも考えてます。よくBSの経済ニュースも見るようになったんですよ。景気後退で仮に利下げとなれば円高に振れそうですが、株価は反発しそうだと言ってました」

その辺の銀行員よりもマーケットに対する関心は高くなっている。

恒星も発言し参加した。

「アメリカって利上げしても体力や稼ぐ力のある企業が凄く多いんですよ。利上げはネガティブに捉える方もいますが、利上げすればまた利下げできる余地も生まれますから。日本と全然違うんです。今後どうなっていくか面白そうじゃないですか。そう思いません？」

「そうね。安岡さんがセミナーで言われたように、投資してマーケットや経済に詳しくなりたいわ」

隅田さんはまだ七十二歳であった。これからの長い人生における長期的な資産形成は、七十二歳であっても遅くはないと恒星も感じるところだ。安岡のお勧めした投信を２００万円買付けしていった。

隅田さんが帰り際、入れ替わるように市川さんが来店した。隅田さんと市川さんはすれ違いながら、どちらからともなく「あら、どうされたんですか」「あの、ちょっともっと詳しい話が聞きたいと思って」のような会話を軽く交わしていた。すぐに市川さんはこちらのほうへ来られたので応接室に案内した。

「もう少し、具体的に生保の話が聞きたいと思って、天気もいいし寄ってみたの」

と言われた。

「それはそれは、ありがとうございます。外貨建ての商品でいいんですか。三商品があって、それぞれ米ドル建て、豪ドル建てとあります。米ドルは金利上昇による円安が予想されますし、金利も3・6％前後と高いです。十一時半を過ぎましたので今日の為替レートが出てます。すぐに設計書を作ってお持ちしますから十五分だけお時間下さい」

と、安岡トークが花を開いた。あとは恒星のトークで繋ぐ。

「今は地方の銀行でも外貨建ての生保商品が契約できるんですよ。私が入行当時にはそういう商品は全くありませんでした。私が入行した昭和六十一年には、今でもはっきり覚えているんですが、一年定期預金の金利は3・39％もあったんですよ。今では考えられないくらい高金利ですよね。そのあとバブルになって大口定期の金利は7％くらいになったのを憶えています。全然違いますよね」

「そうね。昔は1000万円の大口定期で金利が7％くらいありましたから、預金利子税を20％差し引かれても、一年に56万円くらいの利息があったもの。昔の高齢者にとっては年金が一口増えていた感覚よね。それを生活の足しにしていた人も多かったと思うしね。年に一度は贅沢な旅行にも行ってたわ。これだけ長い間の低金利、景気も悪いんでしょ。何がそうさせちゃったのかしらね」

これを話しだしたら長くなると思いながら、恒星は続けた。

「そうですね。色々要因はあると思うのですが、基本はバブルが弾けちゃって政策金利が大幅に下げられたことだと思います。デフレ経済ってご存じですか」

「よくニュースで聞くけど、だいたい分かるわ。モノの値段が安い方向へ向かい続けていって利益が生まれにくいことでしょ」

「その通りです。利益が利益を生む好循環ではなく、その逆です。でも今は物価が上がっていってます。利益が利益を生む好循環ではなく、給与も上がっていってないのに物価だけが上昇していってます。物価が上がっていっているのは、輸入物価が上がっているせいです。景気が良くなってきて、給与も上がっていけば良い物価の上昇と言えるのですが、景気が悪い、もしくはこの先悪くなりそうなのに物価だけが上がっていくのは、悪い物価の上昇なんです。日本の景気ってこの先厳しくなりそうですよ。みんな、まだあまり口にしませんが、誰もが生活が苦しくなって不安な日々が続いていくと思いますよ。物価が上がるというのは、逆に言えばお金の価値が下がるということ。だから日本の円は価値が下がり、円安基調にあるっていうことなんです。だから世界で一番強い米ドルを生保商品で持つということは、通貨のリスクも分散され、価値のあることなんです。いいタイミングだと思いますよ」

いけない、ついつい熱が入ってしまった。具体的な商品説明は安岡に任せよう。もうそろそろだ。そうだ。自分でお茶を淹れてあげよう。

丁度のタイミングで安岡が入ってきた。

「少しお待ちください。お茶を淹れてきますから」

「まあ、いいのに。そんな男性の方がお茶を淹れてくれるなんて」

「今の時代はジェンダー・フリーと言って男性も女性も関係ないんですよ。僕が淹れてきますから」

と、恒星はちょっと無理があるなと思いながら言った。安岡はあっさりと、お願いしますと言ってすぐに説明に入った。

応接室に戻り、市川さんにお茶を差し出す。安岡の説明に真剣な面持ちで集中している。安岡の説明は、三商品を効率よく、その違いを設計書やパンフレットを基に細かく説明していた。元々は終身で途中解約する気はないと言うのだが、十年経った時に市場金利調整の影響を受けるということは理解してもらう必要があった。

「最終は通貨ベースで元金確保なんですが、十年以内の途中解約は、管理や運用に関する費用が差し引かれます。十年経てば費用は発生しないんですが、市場金利調整の影響を受けます。特に十年後は要注意です。金利が上昇していれば元金は目減りしてますので、そこで解約すればドル建てでも元本が割れる可能性があります。債券価格は市場で自由に価格が決定され取引されてますから、高値で取引されると、クーポンと言って、入ってくる利息は変わらないので金利は下がります。その逆もあり得ます。つまり安く価格が決められていれば金利は上がります。基本は終身なので、十年後に金利がもし上がっていればラッキーと思って持っていていただいて、生涯ご健在でいらっしゃる間、持ち続けていかれることをお勧めします」

「実は朝のＢＳの経済ニュースを毎日見てるのよ。よくキャスターの方が言ってるわね。債券は買われて金利は低下っていうのは、買い優勢で価格が上昇していったってことでしょ。逆に売られて金利は上昇って言うでしょ。分かってるわ、毎日見てるから。いいの。相続税対策で絶対解約しないから」

よく言ってくれた。こんな高齢者の方もいらっしゃるのだ。そこら辺の支店長、次長クラスよりずっとマーケットのことを理解している。

「ぜひ持ち続けて下さい。終身ですから、意識が無い状態でも生きている限り、一年に一回の利息は出続けますのでご安心下さい。万が一、途中解約する時には、必ず保険会社に照会を取って下さいね。私どもでも結構です」

と、安岡は念押しした。

結局為替レートの設定が一番円高で、金利が一番高い日本の生命保険会社米ドル建てで金利が3・50%の商品を選択し1000万円で契約した。受取人は長男、長女の二名で受取比率は50%ずつだった。市川は最後まで湯飲み茶碗の蓋を開けなかった。

今日はマルチヒットとなって良かった。こんな爽やかな日もあるもんだ。安岡との連携で結果が出た。隅田さんも市川さんもこれから幸せな人生を送って欲しい。心からそう願った。

今日はまたいつもの癖でついつい熱が入り過ぎたと省みる。でもいい商品だから本当に心からいいと思い熱が入るのだ。これで良しとしよう。あとで安岡とグーでタッチした。

いい週末になりそうだ。

その日は仕事を早く終え、愛車ヴェゼルに素早く乗り込みアクセルを強く踏み込んだ。

今日の出来事を反芻してみる。木を見れば細かい点が際限なく溢れ出し、森を見れば混沌とし、宇宙は渦巻いていた。段々薄暗くなっていったが、同時に靄《もや》も晴れてきて、家に着く頃には、綺麗な半月が出ていた。

16

翌朝の陽光は確実に増していた。休日の初日は仕事の余韻があるせいか、朝は早く目が覚める。未だ六時だ。水を一杯飲んですぐに散歩に出かけた。

坂を少し上ったところの公園の前で、ばったり「末広」さんに会った。夫婦でウォーキングをしており丁度良かったと思った。昨日の支店内のゴタゴタで話を聞いてもらいたいと思っていたところだったのだ。天敵〝和田〟の件である。奥さんは先に帰られた。公園のベンチに座って簡単にこれまでの出来事をまとめて説明した。

「弘田くん。天敵の話は、常に立ち向かえというものでもないんだよ。時には逃げることも必要なんだ。動物の世界でも逃げ足の速いやつっているだろう。逃げることは、その場を基点に考えれば逃げているんだけど、別の方向に立ち向かっているということでもあるんだよ。ひとところにいるよりも、そっちのほうが勇気の要ることでもあるんだ」

「そう言われてみればそうですね。どうやって自分を高めて立ち向かおうか。そんなことばかり考えてました」

「日本の社会人は企業に守られ過ぎじゃないかな。雇用を第一に考えてくれるから、結局は居心地がいいんだ。皆よく我慢するしな。欧米では一つの企業に三十年も勤め続ける人はまずいないと思うよ。企業を渡りながらキャリアアップしていくんだ」

「そうなんですね。私も勤続し続けることを基本に考えてました。でも気が付けば、もういつでも定年退職できる年になったんです。五十五歳過ぎましたから。選択定年ですけど。ここまでくれば定年の六十歳まで残る行員が殆どです。問題はその先なんです」

「そうか。第二の人生を色々考え、悩む時期でもありそうですね。今は六十歳からの起業も増えていっているんだよ。何かを考えてみてはどうですか。まあ自分を信じてあげなさい。落ち着いて自分ができること。やりたいこと。お金になること。この三つの要素がうまく絡み合えば成功すると思うよ」

と、言ってくれた。貴重なことばを頂いた。

公園の木々は緑を増していた。退職を考えながら家路に向かう。

退職後は〝ＦＩＲＥ〟（Financial Independence, Retire Early）で生きていくことが理想だ。もう人の渦に巻き込まれるのは何としても避けたい。人に使われるのもいやだし、使うのもいやだ。自由になりたいのだ。

ＦＩＲＥとは、経済的に自立した状態で早期退職し、投資による資産運用の配当などで収入を得て生活していくスタイルである。

米国株は既に利益確定している。あとは投信の毎月分配型で一部運用し、安定的な収入を得る。今だったら１０００万円、ＵＳ－ＲＥＩＴの毎月分配で一か月10万円は入る。妻と二人で倹《つま》しくやっていけば、３０００万円あれば十分生活はできるだろう。あとは相続税対策として外貨建ての終身型の生保に法定相続人数分で１５００万円加入だ。年間54万円ほど利息収入が入る。積立投信もできるだけやっていこう。そして、早期に宇宙旅行も実現したい。そう考えワクワクしながら歩き、あっという間に家に着いた。

ＮＹ市場は現在も調整を続けている。ロシア、ウクライナ問題の長期化予想や物価上昇、景気後退など、不透明感は根強く混沌としている。

恒星は九月末日で退職することを決断する。美穂もあっさりと同意してくれた。退職は三か月前に告げるのが、当行のマナーである。現職で最後の投資機会と捉え、一粒万倍日に確定拠出年金を全額外国株のインデックス型にスイッチした。

そして週明け「退職願」を届け出た。

その後、確定拠出年金は三か月間で上昇し、利益は1000万円を少し超えるレベルであり、加入来の運用利回りは9・2%、この一年の利回りは21・5%、一括現金で受け取りトータルで2000万円程度になった。加入来の証券会社全体の利回りの平均値4・1%を遥かに超えるレベルで、恒星の運用成績は群を抜いていた。退職金の一部を住宅ローンの繰上げ返済に充て、手元に残った資金は確定拠出年金と合算し3200万円だった。そのうち3000万円をUS‐REITの毎月分配型に充てることにした。これで毎月30万円程度の分配金が入る。さらに残った資金をNISAで120万円、米国株式のインデックス型の投信を買付けた。やはりNY市場の楽しみは残しておきたかった。美穂のオンラインセミナーを主体とした事業収入と合わせ月額37万円を予想する。これである程度安心だ。あとは宇宙旅行だ。一月に米国株を利益確定した資金で旅立つ。

第一章

九月三十日退職日当日、小林次長補佐に簡単に引継ぎをして銀行をあとにした。

皆にあっさりと見送られた。退職の祝いを兼ねた飲み会も花束もなかった。

外は既に暗かった。三日月が寂しそうに折れかかっていたが、安岡が追いかけてきて「お世話になりました」と言い、小袋につつまれた品を手渡された。中をあけるとハンカチが二枚入っていた。

「また、マーケットのことを教えて下さいね」

と付け加えられ、恒星の頬は少し緩んだ。

これで銀行とお別れだと思ったが実感は湧いてこなかった。

これまで辛酸を嘗めてきた分、本当に楽しい自分を取り戻すのだと心に誓った。

第二章

1

午前十一時、アメリカニューメキシコ州の宇宙空港、スペース・ワンに到着する。砂漠地帯の広大な敷地に、宇宙船の停泊する巨大な倉庫と、そこに隣接して二階建てのホテルがあった。

空を見上げてみる。五月の空はどこまでも透き通っていて薄くて青い。この先に宇宙が存在することを想像してみる。そもそも宇宙って何だ。星が無数にあることだろうか。では星って何だ。

恒星は、せっかく地球を飛び出すのだからせめて基本的な知識だけでもと思い、事前に勉強していた。

まず疑問に思ったのは、星、惑星、衛星の違いである。星の定義は「核融合反応によって莫大なエネルギーを生み出している天体」だそうだ。ずばり超身近なものとして〝太陽〟がある。銀河系だけでも何千億個、宇宙にはその何千億倍、何兆倍もの太陽のような天体が存在するらしい。この星のことを正式には〝恒星〟と言う。恒星と同じだ。

では金星はどうだろう。金星は星ではないのに光っている。これも調べてみた。金星の大気中には硫黄を含んだ硫酸の雲が広がっている。この雲に太陽の光が反射されて光っているそうだ。

次に、惑星である。惑星とは「星のまわりを公転している天体、それも星よりはるかに小さな天体」のことだ。宇宙に独立しては存在しないらしい。あたりまえだが、わが太陽系の場合には、水星、金星、地球、火星、木星、土星、天王星、海王星の八つの惑星が太陽に引きつられ公転している。そのあたりまえのことが、惑星と星が混同され認知されていない。テレビの子供向け科学番組などでは、しばし地球のことを〝わが母なる星〟とか呼ばれて星扱いされているのだ。星と惑星は定義そのものが違うし、どう考えても別物と考えるべきだ。海外では小さな子供でもその違いを認識しているとのことである。英語では星のことを〝スター〟、惑星のことを〝プラネット〟と、幼児期からきちんと分けて教育されているらしい。日本は何でもかんでも星とつけるから混同しがちである。

次に衛星だ。英語では〝サテライト〟という。最も身近で直視できる月は衛星の典型である。衛星とは「多くの惑星が引き連れているいわば太陽の孫のような存在」である。衛星はほかの太陽系惑星にも確認されている。それを初めて観測したのは、中世イタリアの物理学者ガリレオ・ガリレイとのことだ。彼は自作の望遠鏡で木星をめぐる四個の衛星を発見したのだ。後にこれらの惑星は〝ガリレオ惑星〟と呼ばれるようになった。今ではわれわれでも身近に手に入る望遠鏡で観測できるらしい。

星の正式な呼び方が〝恒星〟だとは知らなかった。亡くなった父が付けてくれた名前だ。父親が宇宙に興味を持っていたなんて聞いたことがなかったが、何かに引き寄せられているのかも知れない。

きっと父は宇宙に存在している。そのような気がしてならなかった。

出発予定日より四日前に集合し、搭乗者六名とホテルで過ごす。初日の夕食会では出身国や職業の紹介がなされコミュニケーションを交わす。美穂の英検一級が力を発揮しそうだ。ネイティブな会話は当然難しいが、コミュニケーションに不自由さはない。

今回の搭乗者は、アメリカの若手経営者とその彼女、老女とその男子孫であり、四人ともニューヨークから来ていた。自己紹介で皆、名前と職業と年齢を語った。殆ど覚えられなかったが、若手経営者はナスダックへ昨年上場した〝グローバルミート〟ＣＥＯでジョン・アルファレインと名乗り企業名を認識していたところから覚えることができたと思う。

三日間、スポーツインストラクターの指導でトレーニングを行い、出発の前日にメディカルチェックを受ける。当然ながら体調は万全でなければ搭乗することはできない。天候も重要で、悪天候になれば出発は延期される。快晴率は83％であり心配はなさそうだ。

出発当日となった。今日、これからいよいよ宇宙へと出発するのだ。

地元に在住のジョンの祖父、ブッカ・アルファレインと祖母ナタリー・アルファレインが見送りに来ていた。宇宙へのお見送りとは凄いことだ。恒星は宇宙への旅立ちで、今までの人生で汚点の付いてきたものを、すべて黒く塗りつぶすんだと意気込んでいる。

午後一時三十分、宇宙船〝アラジン〟にパイロットを含む八人が搭乗した。搭乗者はフライトスーツを身にまとい、皆同じ格好をしている。全座席が窓に面しており、全員が雄大な景色を見られるよう大きく設計されていた。座席に座りシートベルトを締める。スマホは電源オフの要請があり従った。笑顔のなかに緊張感が潜入している美穂は声を震わせながら言った。

「これから第二の人生の出発よ。リセットするの。ワクワクするわね」

まるでSF映画のワンシーンのようだ。

これから約二十分間の宇宙旅行が始まる。

出発のアナウンスが発せられる。離陸一分前となった。十秒前からカウントダウンとなる。凄い振動と轟音が鳴り響く。

ついに飛び立った。


〝アラジン〟は空中発射母船に吊り下げられて上空に向かう。高度15キロメートルで母船から切り離され、単独飛行となり、マッハ3以上のスピードで一気に大気圏を突破し宇宙空間に突き進んだ。全身に3・3Gの重力加速度がかかる。大気圏を越えると、窓の景色は群青色から漆黒へと変化していった。星々に圧倒されてしまう。エンジンは停止となり、体も力を失い軽くなった。

スマホの電源オンの許可が出た。搭乗者達は皆シートベルトを外し無重力状態を体感した。六人の搭乗者は少し遠慮しながらじゃれ合った。宇宙飛行士の体験談に、地球は青かったとか、国境が無かったとか言われたことを思い出すが、あまりピンとこない。恒星が感じたのは宇宙には上も下も右も左も存在しないということだった。

地球儀は北半球を上側に持ってきているだけで、それは人口形態によるものだと思う。においも風も空気や時間さえも存在しない。抵抗もないので、外に放り出され後ろから少し押されただけで宇宙空間を進み続けることになるだろう。もし自分が死んだら、カプセルに入れてもらい、宇宙へ放り出してもらいたい。宇宙葬というのもいいかも知れないと思った。

スマホで地球の写真を十数枚撮った。国境は見えないが、宇宙空間にこそ国境はない。今のところはないのだ。人類最後に残されたフロンティア。宇宙こそが永遠だ。ここだけは安全なところであって欲しいと祈った。

地上にいた時の些細な悩みや今まで憎んできた人物、揉めごとはとんでもなくアホらしく思えてきた。もう人を評価したくない。良いことであっても、悪いことであっても。良いことは評価してあげればいいことのようにも思えるが、しなくてもいいようにも思える。自然とそう思えてきた。自分から解放され自由を摑んでいく意識が芽生え始めた。

地球が小さく見えてきた。なんて小さなことに悩んできたのだろう。どうでも良くなってきた。人類が宇宙に行きたがる意味が分かるような気がする。地上はどこへ行っても地上で、綺麗な景色もあるにはあるのだが、宇宙は意味が違うように思える。確かに宇宙から地球を見れば綺麗だし、星々を見れば黒いキャンバスに絵筆で色んな絵具をむやみやたらに使い散らしたかのような無数の星がある。無であるようで無でなく無限だ。これだけ無数で無限の恒星、つまり太陽のようなものが存在しているのかと思うと、単純に綺麗だとかいうのを通り越してしまっている。何かに引き寄せられている気がしてならないのだ。

この歳になると死による別れが多くなってくる。人類は今まで数限りなく多くの人間が生まれ去っていった。

何となく生まれてきた意味が分かるような気がする。なぜ日本に生まれたのかは分からないが、もしかするとウクライナに生まれ国を追われながら死んでいたかも知れない。今はここに存在しているという事実だけが残されている。たまたまの話か？

ウクライナで生死の境を彷徨うような日々を送っている戦地の一般市民は、生きていること自体に意味を感じ取れているだろうか。戦死した人に、この世に生まれてきた意味があったのか。生きている人に生きることへの喜びが残されていることを祈りたい。宇宙から地球に向けて手を合わせた。

宇宙空間の滞在時間は四分であった。無重力状態と宇宙からの眺めをずっとこのまま楽しみたいところだが、宇宙船内には時間が存在しているようだ。

搭乗者達は座席に戻り、シートベルトを締め、帰還モードとなった。再びスマホ電源オフの要請がでる。大気圏に再突入していく。4Gの重力加速度がかかる。心身共に無の状態から現実へと引き戻されつつある。

もう一度窓の外を見る。今まで皆笑顔だったが、真顔になり話しづらくなっていた。

〝アラジン〟は地球に近づきながらグライダー飛行となり、ゆらりゆらりと安定した状態でニューメキシコ州の宇宙空港に無事帰還した。

ジョンの祖父母は管制塔のなかで待機していたそうで、帰還後、外に出迎えに来てくれた。取りあえず皆、空港に併設されたホテルのロビーに移動する。

ブッカが搭乗者六名にせっかくの機会で宇宙旅行をした記念に我が家に来て滞在するように誘ってくれた。搭乗者六名はジョンの祖父の家でお世話になることになった。

美穂にもう一度今回のメンバーを確認してみた。

老女はスーザン・ブランシェット。お孫さんはトム・ブランシェットで大学生だ。ジョンの彼女の名はリリー・ストーンだった。

「アメリカ人ってまず名前を名乗り合うの。それからコミュニケーションが始まるのよ。それがルールなの。きちんと覚えてね。失礼に当たるから」

と、念を押された。

確かにそういわれてみればそんな気がする。初対面ではそれが挨拶なのだろう。日本はそこが曖昧だ。ビジネスでは名刺交換はあるが、アメリカではないそうだ。必ず笑顔でまず名乗り、握手する。少し勉強になった。

ジョンの祖父の家はニューメキシコ州トゥルース・オア・コンシクエンシーズにあるそうだ。ここから30キロ離れている。人口は七千人あまりの小さな町だ。鉱泉で知られており、リタイアした富裕層が多く住む保養都市となっている。夏季に月30ミリ~50ミリ程度の雨が降るそうだが、あとは殆ど降らない。年間降水量は150ミリ~200ミリ程度なので一年通して乾燥している。市内をリオグランデ川が流れ、上流にはエレファント・ビュッテ湖があり、大自然豊かなところらしい。

ジョンの祖父のワンボックスカーに八名全員が乗った。道中は殆どが砂漠地帯で途中オアシスのような水域があった。一時、窓を半分程度開け、広大な景色に風を受けながら新鮮なアメリカの空気を吸い込んだ。

三十分足らずでトゥルース・オア・コンシクエンシーズの住宅街に入った。どの家も敷地面積が広く殆どが平屋建てだった。日本では考えられないくらい接面道路の幅も広かった。

ついにジョンの祖父の家に着き、ワンボックスカーから降り立った。日差しは若干強く感じられるが、湿度は低く、身体が軽くなったような感覚で気持ちよかった。身体全体の力が抜けていった。まるで空気の温泉に入っているようなリラックス感があった。

ブッカの家は五百坪はあろうかと思うくらい大きな敷地に平屋建ての豪邸であった。ゲストルームが四部屋あり、いずれもバス・トイレ付きだ。ナタリーが部屋に案内してくれた。長い廊下を歩き、一番東側の部屋に案内してくれた。六時半に夕食にするから時間が来たらダイニングに来るようにとのことだった。美穂が軽く「Thanks」と返していた。

間取りはホテルの一室と変わらない。窓側に一人掛け用のソファーが二つとテーブルがある。南に面した窓の外は多少草木はあったが殆ど土の庭だった。スマホのスイッチをオンにしてみる。地球を撮った写真は見事だった。バッテリーが10%を切っていたので充電することにした。その間少しベッドで横になり寝ることにする。すぐに眠ってしまった。

気が付けば外の景色は薄暗く、一瞬、夕方なのか朝なのかすぐに認識できなかった。部屋の時計を見ても六時過ぎでまだどちらか分からない。スマホのホーム画面の18:10を見てやっと認識できた。

美穂はソファで小説を読んでいた。

「目が覚めた？　凄くよく寝てたわよ」

「まじで？　何時間くらい寝てたかな」

「二時間くらい寝てたんじゃないの」

ベッドに横になった瞬間に目が覚めた感覚であった。この街と家は不思議と安心感があり、すっかり疲れは取れ気分爽快だった。その後ダイニングに行った。

既にテーブルに六名が集まっていた。やけに夕日が美しい。日本の俳句では「春夕焼」「夕焼雲」「秋夕焼」「冬茜」「寒夕焼」など色んな表現が使われるが、この地ではなんと言われるのだろう。自分のなかでは「秋夕焼」だった。

そう思いながら恒星は一番端の席に美穂と並んで座った。美穂の前にはジョン、恒星の前にはリリーが座っている。既にナタリーの手料理が並べられてあり、すぐに夕食会が始まった。

ニューメキシコ州の家庭料理だ。〝グリーンチリ〟という青唐辛子を使ったピリ辛料理だった。卵、ベーコン、グリーンチリなどをフラワートルティアで包んだ料理で、恒星の母親がよく作っていた中華料理の春餅（ツンピン）に似ている。ほかに柔らかいビーフとパプリカ、グリーンチリを炒めた料理。グリーンチリを火で炙って皮を剝《む》いて粗く刻みジャガイモ、ビーフを煮込んだグリーンチリ・シチュー。野菜サラダにもグリーンチリを炒めたものが細かく刻まれ掛けられていた。

まずは全員ビールで乾杯し、一気に胃に流し込んだ。パンチの効いた辛い料理はどれも食欲をそそり、そのペースは加速した。会話も弾んでいるようだが、恒星には一向に何を言っているのか分からない。気になった時には都度美穂に聞いてみる。宇宙旅行の話で盛り上がっているようだ。美穂に聞いてもらうよう思いついた。

「ジョンへ、なぜ宇宙旅行に行きたくなったのか聞いてみてくれ」

「ＯＫわかったわ」

美穂が通訳をする。

「ジョンは前世から続いている自分の人生があって、それは宇宙によって生み出されたものだと信じているんだって。だから一度は宇宙体験をしてみたかったそうよ。〝死後の生命〟や〝生まれ変わり〟を信じているの。スピリチュアルなものだけどね、だって」

更に美穂に頼んでみる。

「確かにそうですね。生き物はなぜここに生まれ、ここで死んでいくのか？　一番知りたい情報が知らされないまま生きている。少しでも手掛かりのようなものを知ることができればいいですけどね」

美穂が通訳で返してくれた。

「その通りだと思う。だからこの地球上には、様々な思惑があって、争いごとや芸術、孤独に勤しむ人、イノベーションや革命を起こそうとする人、盛り沢山だ。スピリチュアルなものもある。そこに僕は前世によって生み出された現世があると信じている。だそうよ」

確かにそうかも知れないと恒星は考えた。

和田道則を思い出した。彼は通常時には黙々と仕事をしているが、ひとたびミスをおかした時や興奮状態になった時は、何かが降りてきたかのような別人と化した雰囲気があった。また、その時のことを後になって振り返る場面ではハッキリ覚えていないようでもあった。前世の仕業なのかも知れないと今感じた。

「何かそんな風に僕も感じてきました」

と、美穂に言ってもらい、場は和んだ。

「よく日本から来てくれましたね」

と、ブッカが言ってくれた。

「突然お世話になることになって、すみません。でも、こんなに広大で素敵で落ち着ける場所とは知りませんでした。日本にはこんなに広々とした住宅街ってありませんよ」

と、美穂に言ってもらった。

「それは良かった。日本人と会話する機会もなかなかないので、こっちも今日は楽しいよ。ところで、日本人は礼儀正しくて、責任感も強くて、筋道を通すことを美徳としているようなイメージがあるけど、美意識も高いと思う。伝統工芸も立派で、職人気質を持った人も多いんじゃないかな。アメリカと違って歴史があるし、サムライの生き方みたいな精神が今でもあるのかな」

と、ブッカは言い、美穂が訳してくれた。

ジョンも続いた。

「私は〝グローバルミート〟という会社を経営していて、代替肉の製造をやってます。主に大豆を加工して、肉のエキスを注入して、食感をできるだけ肉質に仕上げる加工食品です。これから地球の人口は七十五億人から、二〇五〇年には九十七億人に達するという国連の推計があります。人口推計は確実性が高いので、食料不足は確実にやってくると思います。日本は食料自給率が低いでしょ。関心のある分野じゃないかな。二〇五〇年なんかあっという間にきそうだし、そのために立ち上げました。日本の職人魂に影響された面もあるんですよ。日本の職人の美意識ってもの凄く高いですよね。生き方が素晴らしいです」

美穂が訳してくれた。

アメリカは最先端の技術や新しいビジネスが生まれる国だ。人材の多様性も認められ、より良い職場環境をつくっていくことが共通の認識としてある。日本では仕事ができない人は責められ〝なぜこれができないんだ。できるまで頑張れ〟と発破をかけられる。アメリカではどうか。〝なぜこれができなかったのかを一緒に考えよう。どこかに原因があるはずだ〟という風になるらしい。

日本は単一民族であり社会全体が一方向になりがちだ。多様性が生まれにくい。民族は同じでも人と人は違う。色んな側面を認め、リスクを負って挑戦しようとしないのだ。日本人は考え方自体が非効率的であり、社会の変化に適応していっていない。現代社会は考え方も生き方も多様化しており、うまくそこと付き合っていけてないのだ。筋道自体が幾筋もあり、自分の考えをアピールし正当化するのは、壁がいくつもあってそう簡単ではない。確固たる根拠と主体性、コミュニケーション能力が必要だ。

ただ伝統工芸品への拘りや職人気質は確かにある。箱根のお客さんで箱根寄木細工の職人が言ったことを思い出した。伝統工芸品の職人を育て次世代に残していきたいかと聞いたところ、しばらく黙り込んだあとこう返した。

〝世間に必要とされるんであれば残っていくんじゃない？〟

この返答に真の職人気質を感じたのだった。

恒星は返答した。

「昭和時代の古い日本人は職人気質を持った方も多かったように思います。今は価値観自体が多様化し、社会全体が混沌としています。何かに行き詰まっているというか。単一民族だから、かえって難しい面もあるんですよ。呪詛してみたり、相手の不幸を喜んだり、妬みとか多い社会なんです。相手の幸福は祝福しながらも、腹の中は反対のことを考えていたりもするんです。和の世界であるようで、実は個人主義的です。住宅地では必ず隣の家との境に塀をつくります。境界線はあるのに壁をつくって自分のことを守ろうとする意識がはたらいてしまうようです。社会全体がうまくいっていない気がします。少子高齢化が加速していってまして、人口減少も激しいんですよ。結婚して家族をつくっていく人達が先進国で一番少なくなっています。自殺による死亡率も16％くらいでG7の国の中でダントツに高いんですよ。コロナ禍で最近また少し増えました。生きていくうえで夢を持てなくなっているんですよ」

美穂が伝えてくれた。美穂は完全に通訳に回っている。

リリーがすぐに返した。

「自殺っていうのが〝死後の生命〟を占ううえで一番いけないことなんです。この世に生まれて生を得ながら、それを放棄することですから、意味がなくなってしまいます。またスピリチュアルな話で申し訳ないんですが、死後は神のような方の前に座し、〝人生で人に喜びを与えたか、また人生で自分は喜びを体験したか〟と聞かれ自分を振り返るそうよ。

必ず生きる意味があると私は信じています」

美穂が訳してくれた。

ナタリーも続いた。

「日本は政府に守られ過ぎなの。年金や社会保障制度は国が負担し国民を保障してくれるでしょ。国の借金も多いんでしょ。国民の負担が少しでも増えそうになれば、皆すぐ文句を言いたがるわ。何でも政府のせいにし過ぎなのよ。自分でもっとリスクテイクし人生を切り開くべきだわ。それともっと主体性をもつべきよ」

と、美穂は訳した。その後美穂が何か言っていた。

「日本人は嘗て人と人との出会いや感謝の気持ちを大切にしてきたと思う。でも他人を優先し過ぎて、最近は主体性を失ってきたように思うの。人の意見に流されやすい感じはあるわね。幸せになったもん勝ち、それでいいはずなのにね」

と、言ったらしい。〝幸せになったもん勝ち〟のフレーズに一同は笑ったらしい。

スーザンも続いた。

「人生は出会いと別れの連続よ。旅をするのと一緒。出会いは人に限ったことではないわ。道を歩いていて上から石が頭に落ちて来るようなことがあったとしたら、それも出会いよ。

転んで怪我をすることも、交通事故で半身不随になることもすべて。一番いい出会いは赤ちゃんが生まれることよ。赤ちゃん側のほうから見れば凄い出会いに違いないわ。この世に出てきたんですもの。神に逆らっちゃ駄目。すべて受け入れるのよ。宇宙と共にね」

美穂は通訳しながら涙ぐんでいた。

確かにアメリカンドリームとは違う夢が生きている。それはスピリチュアルな世界からくるものかも知れないし、豊かさからくるものかも知れない。やはりナタリーが言ったように、主体性をもつことは大事なことだと恒星は思った。人生経験豊富な高齢者の言うことには説得力があった。スーザンとここにいる皆とはいい出会いだった。

恒星はアメリカのことで素晴らしく思うことを美穂に言ってもらった。

「アメリカはリスクを取って挑戦することが素晴らしいことだと思われ尊敬されるし、皆がそれを応援してくれる雰囲気がある。投資においても明らかで、イノベーションを起こすことに社会全体が前向きだ。今回の民間会社の宇宙旅行プランにおいて言えることだが、信じられないスピードで社会が変化していっている。ＳＮＳなんかにも言えることだが、コミュニケーションさえも時間が短縮され効率的になってきています。日本は職人気質のような技術はありますが、どうもコミュニケーション能力に欠けており、アイデアや発信力は弱いように思う。それと皆、投資においてもリスクを取りたがらないんですよ。貯蓄率がアメリカに比べ異常に高いんです。今現在で確か日本の貯蓄率は55％くらい、アメリカは13％程度です。現預金に占める割合が日本は高すぎる。だから株式マーケットもなかなか上昇しづらくて、社会全体が循環していないんです。若者も安定志向ですし。就職先で公務員が永年一番人気なんですよ。私どもの時代ではお役所仕事は面白くなく敬遠されがちでした」

美穂が訳してくれた。

トムが最後に言った。

「そんなに悲観することはないですよ。日本は必ず復活します。過去の歴史から見て、西洋に大きく水をあけられても西洋から学び、何度も欧米は追い越されてきました。仏教にしても、元々は別の国の宗教であったはずのものが、日本に形を変えながら入ってきて、日本流に解釈され、今ではすっかり日本のものとなっている。海外発のものが日本で発展するケースって今までたくさん見てきました。日本にはグローバルで素晴らしい企業は沢山あります。国の借金は多くても海外資産は世界トップです。海外企業の買収によりグローバル化は進んでいっているはずです。学ぶ力や精神力が凄いんです。必ず復活すると思いますよ」

美穂が通訳してくれた。美穂が一緒でよかった。

一番若い青年が締めくくってくれた。

最後にコーヒーと手作りのアップルパイが出てきた。酔いは少しさめつつあったが、お腹はパンパンの状態であった。口にしないと失礼だと思いゆっくりと食した。

明日は日本に帰る日だ。部屋に帰って寝ることにし、美穂と共に席を立った。

2

次の日、ジョンの自家用ジェット機がニューヨークからアルバカーキ国際空港まで迎えにきてくれることになった。ジョンのジェット機に六名が搭乗することになった。ジョンが恒星夫妻をロサンゼルス国際空港まで送ってくれる。そのあと、リリーとスーザンとトムはニューヨークまでロサンゼルス経由で同乗して帰るそうだ。

アルバカーキ空港専用のワンボックスカーのタクシーをジョンが手配してくれ、空港へ二時間弱で到着した。ジョンの自家用ジェット機は既にエンジン音を発しながらスタンバイされている。八人乗りで広々としており、豪華な室内にセレブ感を味わった。

アメリカ人は親切だった。人種差別や銃犯罪ばかりが極端にクローズアップされているせいだろう。もっといい話もあるはずだがメディアは報じたがらない。特に先端分野はテレビで報じない傾向にあるのだ。

ふと思った。例えばテスラのＣＥＯイーロン・マスク氏がラスベガスの地下に掘った〝ボーリングカンパニー〟っていう企業の話だ。都市の地下のトンネルを電気自動車を使って猛スピードで移動することで渋滞などの問題を解決するそうだ。排気ガスの問題もあってガソリン車は入れない。そのトンネルの中を走れるのは今のところテスラの車に限られているそうだ。時速２００キロ以上で一車線の狭い空間を一気に走り抜けるそうだ。今後、都市交通の救世主となっていくだろうと期待されている。こんな最先端の技術をなぜか日本のテレビでは報じない。もっと最先端の技術を報じるべきだと思った。

一時間くらいでロサンゼルス国際空港に到着した。

別れ際、ジョンが最後に告げてくれた。

「あなたは好奇心がある。何か世間に残せることをこれからの人生で考えてみてはどうか」

確かにこれといって趣味はない。強いて言えば、投資と俳句ぐらいのものだ。世間に残せるものといえば、俳句を投句して新聞に偶に掲載されるくらいのことだ。ＦＩＲＥで生きていけそうなのは有り難い話だが、相続財産以外は何も残らない。釣りをやってもゴルフをやってもその時は楽しいが、あとに形となって評価されることはおそらく何もないだろう。大型の魚を釣れば、何らかの記事に載る可能性はあっても、すぐに忘れ去られてしまう。これからビジネスを立ち上げるのは、これといってやりたいこともないし無理だ。そんな気力ももう残されていない。

時間はある。帰国してゆっくり考えることにした。

3

成田国際空港に朝七時に到着した。

やっとの思いで横浜の自宅にたどり着いた。ＬＩＮＥでそれぞれの実家に無事帰還したことを伝えた。時差ぼけと飛行機のなかでなかなか眠れず、睡眠不足による疲れが一気に押し寄せてきた。コンビニで買ったおにぎりをルイボスティーと一緒に食し、気持ちを落ち着かせ、二人はシャワーを浴びベッドにダウンした。

気が付けば午後四時を回っていた。

美穂はまだ寝ている。起きてリビングのソファーに座りテレビをつけてみた。夕方のニュースが流れており、今日が金曜日だということにそこで初めて気が付いた。新聞は今日まで止めてあった。まだ身体がシャキッとせずぼーっとしている。思考が停止しており脳から手足に指示が出されない状況のようで、何かの外的なきっかけを必要としていた。

夕日が部屋を照らし始めた頃、美穂がやっと起きてきた。膝上までのキャミソールから白い脚を出し、裸足で寄り添うように座ってきた。彼女の捲れた脚を恒星の太ももの上に露《あらわ》に載せてきた。美穂の「おはよう、よく寝れた？」の口を塞ぐように、恒星のなかで何か自然なものが蠢きだし無言のまま弄《まさぐ》りあった。やっと思考が正常化されていることを確認しながら一つ一つを紡いでいく。茜色の夕日がピークを迎え、藍色に押されていくようになり、暗闇へと踏み入れられていった。未だ時差ぼけのせいか、日暮れも一日の終わりの感覚もなく、むしろ美穂の喘ぎ声でその日はピークを迎えているような錯覚に見舞われた。何かのなかで浮遊しているような無重力のようなものを思い出し自然の中を泳いだ。身体が現実を呼び起こしてきたが、未だだと踏ん張ってみようとする。すぐにまた現実に引き寄せられ、頂点に達しようとした次の瞬間、一気に終息していった。体力らしきものは少し回復していた。

その後「よく寝れたよ」と恒星は返した。美穂は「良かった」と一言返した。

恒星はキッチンのほうへ行き、バスケットの中や冷蔵庫の中を漁っている。ニンニクとアンチョビ、フレッシュトマトとブロッコリーを見つけた。あり合わせでパスタを作ることにした。

ニンニクを細かく刻み、アンチョビを二切れ入れ、オリーブオイルを注ぎ、中火で炒める。ぐつぐつしだしたら弱火にし、しばらくニンニクとアンチョビの香りをオリーブオイルに吸わせる。半分に切ったフレッシュトマトと細かく刻んだブロッコリーを炒める。2リットルの湯に20グラムの塩を溶かし、パスタを投入する。茹で時間は表示通り九分だ。タイマー音が鳴りだした。サッとパスタをフライパンに落とし、一回返せば出来上がりだ。パスタ皿にすぐに盛り付けし、赤ワインを注いだ。

「お疲れさま」

「お疲れさま」

グラスを鳴らし、やっとここで日常に戻った。

「ああ、美味しい」

美穂は我が家の味を確認できたらしい。恒星は少しアンチョビの香りをとばし過ぎてフレッシュトマトを炒め過ぎたことを後悔したが、我が家に帰りパスタを作ったことで落ち着きを取り戻した。

ジョンが別れ際に言った一言を反芻してみる。〝何かこの世に残せるもの〟とはどういうものがいいか。創作しているのは俳句だけで、新聞や全国紙にも載り、テレビの俳句番組でも紹介されたが、少し物足らない。でも、あれはあれで楽しい。句会のメンバーは個性があって、感じ方も表現の仕方もみな違う。その違いが面白いのだ。だが趣味の世界で終わってしまいそうだ。

ロックも好きだが、どうも日本のロックはしっくりこない。日本語は昔から思うのだ、元々音に乗せにくいのだと。どう聞いても不自然に聞こえてしまう。今の若い世代のロックって女性ボーカルは悲しい雰囲気で叫ぶように歌う曲調が多いように思う。男性は又少々違っていて、テンションは低めで少し惚けたように歌っている。やはり日本語は音に乗せにくい。

消去法的に残されたものがあった。小説だ。可能性があるとしたら作家になることだ。小説は今までの人生をすべて引っくり返すことができそうな気がする。

美穂に聞いてみた。

「ジョンが別れ際に言ってたこと覚えてる？」

「もちろんよ。何か世間に残せるものでしょ」

「そう。小説を書くのがいいかなって思うんだ。美穂は書いているんだっけ」

「まだ殆ど進んでないの。あらすじは見事なんだけど、整理収納アドバイザーとコーチングの集客とかオンラインセミナーをやってるでしょ。忙しいのよ」

確かに美穂はいつも何かに追われている。毎日のブログの更新も大変そうだし自己啓発本の読書量も凄い。

「あらすじはどんなやつ？」

初めて聞いてみた。

「沖縄の話よ。沖縄が琉球王国として日本から独立するというストーリー。沖縄は人口も増えていっているし、観光業で十分外貨を稼ぐことは可能だと思うの。自衛隊ではなくて敵地反撃能力を持った琉球軍による軍事態勢も確保するの。勿論アメリカの同盟国として関係は強化していくわ。非核三原則は存在しないの。核の持ち込みは可能よ。大統領制で本当に国民から支持される人物が選ばれるの。投票率はきっと90％以上になるわ。基地問題も解決の方向よ。国の方針で縮小させていくの。一国にあれほどの基地の規模は必要ないわ。日本への往来もビザなしで融通は利かせてもらうのよ。日本みたいに国債で大きな借金は作らないわ。債務上限の制度を設けるの。年金は積立方式よ。自分の年金は自分で積み立てた分、将来受給できる仕組みよ。子育てや教育に重点を置いた政策を重視し、人口は更に増加していくことを目指していくのよ。日本からの移住も一応審査基準を設け可能にするの。若者を増やし、二十代から三十代の若い世代が夢を持てるような社会をつくっていくの。面白そうじゃない。小説だから書けるのよ」

そして更に美穂は続けた。

「私、今回の宇宙旅行で思いついたの。恒星が宇宙から魂を授かって生まれてきたかどうかは分からないけど、あなたと出会って人生の旅をしているって不思議に思えるのよ。これからはあなたの生まれ育った場所で暮らしてみたいの。お義母さんと同居ってどう。高知に行きたいのよ」

一瞬言葉を失った。

「そんなこと、急に言われても。高知は田舎だぞ。この家はどうするんだ」

頭のなかの宇宙の銀河が渦巻いた。

「二拠点生活をするの。高知は田舎って言っても、恒星の実家は高知市内でしょ。住んでるところはここことあまり変わらないわ。二拠点生活で地方の生活も体験しながら何か発信できることってあると思うのよ。小説はどこでも書けるし。高知に行った時に農業体験するのもいいし、高知は食材が豊かじゃない。海、川、山の幸は豊富、太陽と自然の恵みは大きいわ。お酒も美味しいしね。お義母さんもきっと喜ぶわ。いい方向に回天しそうな気がするの」

あなたの生まれ育った場所で暮らしてみたいの、の一言に少しぐらついた。

「分かった。考えてみよう。畑も田もある。今は親戚や知人に野菜、米を作ってもらっているんだ。家庭菜園ぐらいだとその気になればできると思うよ。でもいきなり同居って言えば驚くだろうな。母親の意見も聞いてみないと」

「だから、二拠点生活だって。月の半分よ」

「そうか考えてみよう」

ジンビームをロックで飲みながら、外に出て気持ちを鎮める。風は冬の気配を運んでいた。微妙に湿気を含んでおり、やはり日本の気候が身に合っている。

見上げれば満月に微かな雲が通り抜けていった。茜色の光を発しているように見え、妙にジンビームの氷が溶け行く様子にマッチしていた。

4

息子の俊宇が年末に帰省した。三月末日で退職したいと言う。正直勿体ないと思うのだが、今まで俊宇の節目節目には自分で判断させてきた。幼い時分から判断をする練習を重ねさせてきたのである。

例えば、幼稚園に行っている時に街角で仮面ライダーの人形とバイクのおもちゃが欲しいと急に言ったことがあった。クリスマスシーズン前だったので、買うのはいいがもしここで買ったらサンタさんは来てくれないぞ、宇宙から見ているからな、と言って自分で判断させた。それでも欲しいと言ったので買い与えた。俊宇は待ちきれず時間を選択したのだった。その年、サンタさんは来なかったのである。もし来ていたらもっと豪華なおもちゃが届いていたはずだった。

私立中学進学や部活入部の時もそうだったし、無理に勉強はさせなかった。

中学からサッカー部に入った。三年生で右サイドバックのレギュラーとなり一部リーグによる公式戦はすべて応援に行った。そのまま持ち上がりで高校に進学したが、思うように勉強の成績が伸びずに悩んでいた。二年生の年末である。遂に退部を決断した。その後は順調に成績も伸び、第一志望の国立大学に合格できたのである。

自分のことはすべて自分事である。自分のことは自分で判断して、もし成功すれば本当に嬉しく思うのは自分だし、失敗して悔しがるのも自分である。それを実感することができるのだ。成功してなにが良かったのか、失敗してどこに原因があったのかを周囲が見極めるのは本当は難しい。何にこの子は向いているのかを見つけ出すのは親でも分からないのだ。自分で経験を重ね、自身で探していくようにしていくしかない。

「退職して何かしようと思っているのか」

「色々と考えている。高知で農業ベンチャーを立ち上げて、シェアリングエコノミーに関する事業を展開していきたい。人口減少の激しい地域で何か役に立てることが必ずあると思うんだ。若いうちに挑戦したいと思う」

俊宇と美穂は何度か視線が合っている。

「スタートアップには資金や事業計画が必要だ。大丈夫か？」

「ある程度銀行で逆の立場は経験はさせてもらったし勉強にもなった。色々と考えている最中だよ。県の移住支援や起業支援もあるみたいだしバックアップしてくれるはずだよ」

俊宇にとって大きな決断だろう。メガバンクを退職するのは勿体ない気もするが、本人の人生だ。後悔することなくやって欲しい。

わくわく感がないとこれからの職業は大変なような気がする。働き甲斐がなければ社会貢献としての対価も上がっていかないだろう。俊宇の世代は百歳まで生きる可能性は50％程度あると予想されているのだ。豊かな長い人生を歩んでほしい。どうせ自分たちのほうが早く逝ってしまうのだから。

「実は、私達も高知との二拠点生活を考えているところなの。高知のおばあちゃんちは、百坪程度の畑と一反の田があるでしょ。農業も考えていたところなのよ。シェアビジネスも高知ではいいかもね。これから成長が期待される分野だし、特に高知県は人口減少が他県に比べて十年も早く進んでいるらしいから。私は整理収納アドバイザー1級やコーチングの資格を持っているから、オンラインでセミナーの仕事も継続できるしね。ニーズがあればリアルで訪問してもいい。取りあえず整理収納の仕事に特化したいの。生活のなかでモノが整理されていることは重要な要素なのよ。まず不要なモノは排除してシンプルな状況にするの。必ずモノの置き場所は決めて、家族全員が誰かに聞かなくても把握しており、使った後は必ず元の場所に返す。モノを探す時間はなくなり効率的に過ごせるようになるわ。それから、不要なモノを買わないようになるのよ、整理されていると。思わず間違って既に持っているモノを買うミスを防げるわ。誰でも経験あると思うのよ。それとスッキリして落ち着いた心を取り戻せる。精神的に落ち着けて色んなことにチャレンジできる環境が心の中で生まれる。これが一番大きな効果として期待できるわ。二拠点生活で地方と都市を行き来し、情報を発信しながら提案していけたらいいかなって思ってるの」

美穂は熱く語った。

「お母さんがそこまで考えているなんて知らなかった」

「それからお父さんが生まれ育った場所で生活してみたかったの。高知って魚や野菜とか美味しそうでいいじゃない？」

美穂と俊宇は希望に満ちて盛り上がっていた。

恒星も考えてみる。俊宇の言ったシェアリングエコノミーはいいかも知れない。高知県は少子高齢化が全国的に見ても非常に激しい地域だ。高齢者は増えていく一方で、令和元年高齢化率約33・6％が六十五歳以上だ。若者は高知に帰ってこない。帰ってくる優秀な人材は公務員になりたがる。公共交通機関や医療機関、スーパー、量販店などは減っていく。空き家は増えていく一方で放置されており、全国でもその比率はトップレベルだ。誰がこんな夢のないところにしたのだ。いや日本全体がそうだった。

「俊宇。なかなか高知の経済環境は大変だぞ。急激に人口が減少していっている。だがシェアビジネスはいいかも知れない。欧米や中国ではシェアビジネスによって街や国全体の効率化が進んでいっている。日本はまだまだ進展していない。高知発っていうのはどうだろう。誰もまだ日本でやっていないことを高知から発信するんだ」

と、恒星は語った。

「分かってるよ。でも高知県民だけを相手にするんじゃない。四国、日本、世界へと拡大していく。いや、ネットだと一気に世界へ躍り出ることも可能性はある。勿論、高知から発信するんだ。まずは高知からスタートアップすることに意味があるんだ。高齢化率全国2位の高知県で」

と、俊宇は返した。

「何か具体的に考えているのか」

「今考えてるのは、スキルのシェアだよ。子育て専門のスキルを持った人、金融商品の専門的な知識を持った人、いじめ問題の専門家、相続や贈与、農業ビジネスや商品開発、整理収納、コーチングなど、色んなスキルを持っている方がいると思うんだ。アプリを立ち上げ月額会員制にする。会員は知りたい情報やスキルを身に付けるためのセミナーを受けることができる。更に詳しい内容のものとなれば別料金が発生し、講師が別途収入を得られるようにするが、その収入のうち、数パーセントはシェアビジネスの事業体側にフィーとして入ってくる仕組みなんだよ。ネット上ですべて可能なシステムにするんだ。利用状況をデータ化しニーズを探りながら更に展開していくんだ」

と、俊宇は熱く語った。

「いいかも知れないな。皆共働きで忙しいしオンラインセミナーをやるのはいい。週ごとにセミナーのスケジュールを公表すれば集客できるかも。でもそんな意識高い系の人多くいるかな高知に」

と、恒星は返す。

「あくまで高知発なんだけど全国が対象だ。地方から発信することに意味があるんだよ。意識高い系の人って全国に結構いると思うよ。高知にもいるんじゃない。特に六十歳前後の退職を控えた世代。お父さんのような年代の人って、何かやり残したことや、これから何かやりたいって思っている人多いんじゃないかな。そんな気がしてる」

「俊宇がしっかり考えて実行するんであれば応援するよ。お父さんは小説を書くかも知れない。色々と考えているところだ。美穂と一緒に一足先に高知に帰るからな。家庭菜園でもしながら待ってるよ」

恒星の小説を書くかも知れない、との発言に誰も反応はなかった。

「あとから追いかけるよ」

二人はグーでタッチした。


恒星らはいきなり高知に住民票を移し全面的に生活するのではない。住民票は横浜のままで、あくまで半月ごと滞在の二拠点生活だ。「たんぽぽの句会」だってある。来年となるが俊宇も合流することになる。これは何かに引き寄せられているのかも知れないと思う。恒星も地方と都市を行き来しながら小説のネタを考えてみることにしようと思った。今までの人生経験を基に創作を加えて作品を創っていく。面白そうだ。

俳句を詠むように小説のネタが思いついた。

今までの職業経験による影響も大きいが転勤を重ね出会いと別れを数知れず経験してきた。特に最後の支店での出来事は強烈だ。人と人とは必ず性格が違っている。それを当事者同士で同意し契約書を交わせば性格を入れ替えることができるっていう話はどうだろうか。ＳＦっぽいが。

精神は遺伝によるものだと聞いたことがある。精神面も遺伝によるものであればある程度は仕方のないことなのか？　鍛錬によって変わることができるのかは分からない。あんな性格になりたいという風に思い、相手に自分の性格を認めてもらえれば、双方で同意する。それが条件だ。宇宙医療センターへ巨額の資金を払い薬物を投入し遺伝子を変え性格を入れ替えるのである。社会的な問題もあり法整備も必要となりそうだが、面白そうだ。

人と人ってやはり違う。同じ人間は存在しない。ああいう性格になりたい、と思う時は偶にあるものだ。性格が入れ替わったらどうなるか、ものの見方、感じ方は人によって様々だ。だから俳句の世界でもその感じ方の違いが面白いのである。発想も表現の仕方も違う。人は何らかの影響を受けながら自分なりに解釈し、自己の美意識によって表現しコミュニケーションを図るのである。人の性格が突然入れ替わるのは面白そうだ。

小説を書くことを考えよう。まずはあらすじ作りからだ。

大晦日に美穂が提案した。

「これからは時間があるじゃない。毎年、目標を持って実行し達成していくの。大きなことから小さなことまで新年に決めるのはどう？　二人で実行するやつ。きちんと決めてお互い手帳に記し実行できればひとつずつ線を引いて消していくの。どう？」

「なるほど、いいかも知れない。一年が終わってみてやってどうだったか検証して、また次の年に活かしていく。いいアイデアだ。やってみよう。今晩から考えてみよう」

年が明け、夫婦で今年やることリスト十項目を手帳に記した。

①二拠点生活を実行する
②小説を書く
③投資で二人の金融資産を合計で10％上昇させる
④伊勢神宮に参拝する
⑤仁淀ブルーの〝にこ淵〟に行く
⑥東北地方に旅行する
⑦毎月二十三日父親の月命日に墓参りをする
⑧家庭菜園をする
⑨俊宇の起業の手助けをする

⑩クリスマスに家庭でイタリアンのコースディナーをつくる

＊

高知龍馬空港に朝の十時四十分に着いた。高知の日差しは東京より微かに強く一枚上着は余分だった。一月半ばにしては暖かい。母親の淑子《よしこ》も温かく出迎えてくれた。

「よう来てくれたねー。美穂さんも久しぶりねえ。お変わりなかったあ二人とも？」

母親も全然変わりないようだ。

「お母さんもお元気そうで良かったです。突然お世話になることになっちゃって、すみません。二拠点生活で色々新しいこともやろうと思って、何かとご迷惑をお掛けすることもあるかも知れませんがよろしくお願いします」

と、美穂は挨拶をした。

「コロナであなた達全然帰れんかったろう。三年ぶりやろうかね。高知は田舎だから東京ほど人は多くないし多少感染リスクは低いかも知れんね」

「私達がコロナを持って帰ってなければいいんですけど」

「まあ、えいわね。うつったらうつったで。三回ワクチン打ったし、もしうつったらしょうがないろう」

久しぶりに母親の土佐弁を聞いて安心した。

淑子の軽自動車にこれでもかと言わんばかりの衣類が詰め込まれたスーツケースを引きずりながら積み込み実家に帰った。まず神前に手土産を供え手を合わせて父親に心中話しかけてみる。

〝お元気ですか。機嫌よくやってますか。いつも見守ってくれてありがとう〟

これでいいらしい。相手は神様だ。数々のお願い事をする人もいるがそれは良くないとの話を聞いたことがある。世界中の人が一日何億もの願い事をするらしいが、数が多すぎていちいち神様は聞いていられない。感謝の弁を伝えるだけで十分だそうだ。人は何にでもすぐに頼りがちだ。続いて美穂も手を合わせた。美穂のほうが長かった。

家には母親の得意とする中華料理、春餅（ツンピン）が用意されていた。クレープ生地に赤味噌を付けて細かく刻んだ白ネギとジャガイモのフライをのせ、あとは好きな具材、例えば青椒肉絲や麻婆春雨、豚肉ともやし炒め、を巻いて食べる。中国では祝い事に振る舞われる料理だ。ニューメキシコ州のブッカさん宅でご馳走になったフラワートルティアで巻いて食べるグリーンチリの料理を思い出した。ぎゅうぎゅうに自分で具材を詰めた春餅はパリパリしたものとしっとりしたものと生地が混ざり合い独特の食感で美味しかった。

実家は快適だ。美穂もすっかり寛ぎながら食べている。これまで小食を意識して生活をしていたが、美穂と一緒に解放され腹九分目までいったが後悔はなかった。

今日は一日のんびりすることにした。食後のコーヒーと芋けんぴを食べた。芋けんぴの甘さが心地よく、食べるたびに美味しさを確かめるように次から次へ手が伸びて止まらなくなった。美穂とほぼ二人で三袋平らげ仕方なく手を止めた。

二階で二人とも少し休むつもりが昼寝をしてしまった。起きれば五時半を回っていたがまだお腹は張っていた。

明くる日、朝十時頃、恒星の名義に相続登記した畑を見に行くことにした。六歳年上の従兄、蒼介《そうすけ》が退職し家庭菜園をしてくれている。恒星が帰省して野菜をつくるとの話を聞き畳三畳分くらい空けてくれているらしい。

美穂と話し合いベビーリーフとイタリアンパセリ、にんにくを作ることに決めてある。

ベビーリーフは初心者でも簡単に作れるらしく、にんにくは冷蔵庫で芽が出てきたところで皮を剝きそのまま植えればできそうな気がする。イタリアンパセリは難しそうだが、成功すればパスタに使えるし、別に失敗してもいい。素人なのだから無理だったらやめればいいと思っている。

実家から車で十五分くらいのところに畑はあり蒼介の家はそこから歩いて五分のところだ。母親と美穂と三人で畑に向かった。

元々蒼介は農家の出であり畑は見事に整備され大根や白菜、さつまいも、ブロッコリー、ほうれん草などが育てられていた。恒星がこれから作るスペースも綺麗に耕されていた。気持ちいい。癒やされる。家庭菜園も良さそうだ。

この地域は市街化調整区域だが周りには新しい住宅が立ち並んでいた。農家でもなさそうだし以前より家が増えていたことに少し違和感があった。

三人で蒼介の家に行ってみる。何年ぶりだろう。父親が亡くなって一回忌以来だから四年ぶりかと考える。

玄関のチャイムを鳴らすとすぐに蒼介が出てきた。美穂が挨拶をしながらお土産を渡す。

母親は日頃の畑の手入れに礼を言った。妻の順子は孫の面倒を見に外出しているということだった。

「よう帰ってきたねえ。懐かしいろう高知は。元気やったかえ。退職したらしいね。大変やったろう銀行は。退職金もいっぱい出てこれからは悠々自適でええねえ。畑でもしてゆっくり生活したらええわえ。ええで野菜つくりは」

久しぶりに土佐弁を聞き懐かしく思った。

これから色んなことに挑戦するために帰ってきたのだ。いや二拠点生活をするのだ。より確かな高い価値を求めて、と思ったがそのことは話さなかった。

「そうやね。ちょっとだけ畑でもしてゆっくりしようかと思う。自分の分空けてくれてありがとう。でもたまには横浜にも行って楽しむつもり。まだ家があるから」

「そうか。横浜と行き来するがかえ。ええねえ、住めるところが二つもあって。うらやましい」

「そうやね。恵まれていると思う。これからお世話になることもあると思うけどよろしくお願いします」

「また分からんことがあったら何でも聞いてきいや」

と、最後に言ってくれた。

久しぶりの再会も話は手短にすませ畑に戻った。もう一度畑を見渡してみる。晴れわたった高知の日差しは冬でも少し関東に比べて強く感じた。

＊＊

春に収穫できるように今から準備を進めていく。メインはベビーリーフだ。ベビーリーフは栽培期間が短く早く収穫することができる。肥料もあまり必要ないらしい。直訳で文字通り「赤ちゃんの葉っぱ」のことで様々な葉の総称のことだ。品種には決まりがなく、水菜、ルッコラ、ケール、ビーツ、チコリーなど種類は豊富で栄養価も高い。家庭菜園レベルでは割高になってしまうらしいが別に構わない。新しいことをすることが目的だ。

ニンニクも割と簡単に育てることができるらしい。秋に植えつけ、春先に葉が伸び五月から六月頃が収穫時期になる。今年はもう間に合わないので諦めることにした。

イタリアンパセリはどうか。特に季節はなく葉のある間は一年中収穫ができるそうだ。種をまいてたっぷりと水をかける。日が強すぎると枯れる原因にもなる。適度に日が当たる風通しの良い場所で管理しなければならない。どれも簡単そうで少し考えると難しそうでもあった。要はやってみないと分からないのだ。

未だに働き癖が付いているせいか、年をとったせいか分からないが相変わらず早く目が覚めてしまう。社会から離れたくないとの潜在意識が働いているのだろうと勝手に思い込み、スーツ姿で通勤時間に合わせ社会人のような装いで路面電車に乗ってみた。

車のラッシュが激しい。交通量は人口減少と言われながらも異常に多かった。共働きが多いせいか高知県は軽自動車の保有比率が日本一らしい。大方の人が車通勤しているのだろう。日中、駐車された車は用無しだ。車を持っていない高齢者向けにライドシェアし自動運転で活用できれば車の所有者にもレンタル料の収入が得られ、社会全体も効率化できそうだ。だが自動運転自体が遠い未来のように感じてしまい人口減少の勢いに追いつくことはできそうもない。

それと県内在住の人はモノの整理ができていないんじゃないかと想像する。特に夫を亡くした独り暮らしの高齢者。遺産物が部屋中に残されたままで一向に整理がつかない。不燃物の収集日に出すにしても重たくて出せない。業者に頼むにしてもどこに頼んでいいか分からずそのままにしているケースが多いんじゃないかと考える。うちの母親がそうであったように。

高齢者も長生きをすればするほど認知機能は低下してくる。どこに何を保管しているかが分かり、使ったモノはもとに戻す生活はリズムも生まれ時間も有効に使え効率的だ。社会全体に好循環をもたらす。やはり美穂が言う通りモノの整理は人生において重要な要素だ。誰に対しても言える共通したテーマである。

それから相続はうまくできているだろうか。現預金はできていても不動産は意外と相続登記できていない人も多いんじゃないかと考える。都会で過ごす子供達も忙しくてそこまで手が回っていないかも知れない。不動産の所有者を明確にして登記し県内全体の整理も必要だ。デジタルやＡＩを使って何とかならないものかと考えてしまう。

シェアリングエコノミーと整理収納は地域社会の重要な課題だ。社会全体が夢を追いかけられる雰囲気になれば回天していくだろうと期待する。地方から盛り上げたい。二拠点生活をヒントに情報を発信し課題解決に向け道筋を考えたい。そう思うのであった。

街の中心地の県庁前の電停で降りアーケードのほうに向かい足早に歩いてみる。

コンビニで日経新聞を買い、カフェでモーニングを食べながらグローバル市場面を開いてみる。サラリーマンやＯＬが素早く新聞を読みながらコーヒーを飲んでいる姿は都会と大して変わらない。真実はそこに人がいて様々な職業があり社会貢献した分対価が支払われ、生活しているという事実があった。そこも全然都会と変わらないのである。日本中、世界中どこも同じだ。もう一度グローバル市場面を開いて隅々まで目を通した。経済指標や企業決算は回復してきておりファンダメンタルズは良好だった。

時計を見ると九時を少し回っていた。一時間もしないうちに恒星と地元の人と思われる老女が残った。そろそろ帰ろうと思い席を立つタイミングで老女も合わせるように立ちレジ横で鉢合わせになった。「どうぞ」と言って老女に先を譲った。老女は「ありがとう」と短く返した。そのあと続けて質問された。

「私は毎日来てここでコーヒーを一杯飲んで一日のスタートを切るがよ。だいたい朝の顔ぶれは把握しちゅうけどね。時々来る人は変化していくけどあなたは初めての方ね。しかも遅い時間までいて、どこのお偉いさん？」

「これまで関東で暮らしていて退職して地元に帰ってきたんです。街の朝の様子を見たくてサラリーマンになった気分でスーツを着て立ち寄ってみました」

「まだ若く見えるけど、これから何をするつもりなが？」

「まだ分かりません。色々と考えているところです」

と、胸の内はまだ定まっておらず軽く返すしかなかった。

「皆、若い人達は都会で就職して退職してもそこで暮らすろう。人生長い時代だから故郷に恩返しするように、また帰ってきて地域に貢献することをしてくれたらいいのにねー」

と、語った。更にこう続けた。

「人は生まれた場所で亡くなるのが一番ながよ。なぜここで生まれたかが分かるような気がするが。あなたもそうしなさい」と語った。

恒星はそうかも知れないですね、と店を出ながら返しそっと後ろ姿を見送った。

アーケードの店のシャッターを開く音が鳴り響き開店し始めていた。地方にしては珍しく閉鎖された店舗は少ないそうだ。人通りが少ない時間帯ではあるが、店の雰囲気からは都会の流行を取り入れている感と懐かしさが同時に伝わってくる。そのまま来た道を戻り家に帰った。

当面は月の前半を横浜で、後半を高知で過ごすことにした。一旦、横浜に帰り高知で住むための対策を考えることにした。

＊＊＊

再度、高知龍馬空港に降り立った。明日は実家に光ネットの工事を予約してある。ネットでパソコンデスクと椅子を恒星と美穂の分をそれぞれ頼んであり配達される予定だ。二階に上がったすぐの部屋に二人分のワークスペースを用意し準備は万端だ。

予定通りネットの環境は整った。パソコンデスクと椅子も運ばれた。恒星は部屋の入口に近いところで北向けにパソコンデスクをセットした。美穂は窓側で南向きだ。お互い違う方向を向いており集中できそうだし、必要な時はすぐにコミュニケーションが取れる。

ＰＣを立ち上げてみる。何でもできそうな気がしてきた。

午後からホームセンターに土とベビーリーフの種を買いに行った。ベビーリーフを育てるのには肥料はあまり必要ない。強い酸性の土壌でなければ石灰も入れなくていいそうだ。種まき用の土と水菜、ケール、ビーツの種を買った。

その足で畑に向かった。二月の高知の日差しは横浜より確実に増していた。

種まき用の土を畑に入れ混ぜるように耕した。土を耕したあと、畝《うね》を立てて表面をきれいに平らにならす。平らにならしたあと木板を利用して1センチの深さのまき溝をつける。そのまき溝に1センチ間隔で一粒ずつ種を丁寧にまいていった。種をまいたあと種まき用の土をかぶせ水をかけ防虫ネットをかぶせた。今の季節では収穫までに六週間程度必要だ。毎日、朝見に来ることにしよう。雨で畝が崩れてしまわないか、害虫がネットをかいくぐり侵入していないか。間引きも必要になってくるだろう。色んなことが心配だ。

俊宇からラインが入った。三月末日の退職前に有給休暇を利用し三月一日から二週間ほど高知に行きたいとのことだった。了解の返事をすぐに送った。

毎朝、恒星は畑にでかけベビーリーフの生育を見守った。三日目で芽が出てきた。一週間たってそろそろ間引きが必要になった時に、美穂が日の出と同時刻に畑に行きたいと言いだした。

予定通り朝五時半に起きた。ルイボスティーを淹れ美穂を起こす。

恒星はバナナを一本齧った。NY市場をスマホで見てみる。途中経過だがダウ、ナスダック、S&P500共に揃って2%を超す大幅高だ。まだ市場は動いている。

著者プロフィール

西田 泰士（にしだ たいし）

1964年生まれ。高知県出身・在住。
高知県内の金融機関に勤務。

【参考文献】

俳句誌「四万十俳句」（四万十俳句発行所）

イッツ・マイ・ライフ It’s My Life

2023年３月15日　初版第１刷発行

著　者　西田 泰士
発行者　瓜谷 綱延
発行所　株式会社文芸社
〒160-0022　東京都新宿区新宿1－10－1
電話　03-5369-3060（代表）
03-5369-2299（販売）

印刷所　図書印刷株式会社

ISBN978-4-286-27077-7

熱々のルイボスティーが身に沁みる。素晴らしい朝になった。美穂はまだ目が覚めていない様子で口数が少なくまだ「おはよう」としか言っていない。「NY株式、ポジティブだぞ」と言っても返事はなかった。保有している米国株インデックス型の投信の基準価格の上昇に期待がもてると言うのに。相変わらずUS－REITの基準価格は安定していた。アメリカ経済は回復しファンダメンタルズは良好だった。


二人は何とか畑に向かった。

あたりは薄暗く、ベビーリーフの葉は近寄らないとまだ見えなかったが徐々に空が白んできた。芽が出て混み合ってきており、生育の悪いものをハサミで切って、2～3センチ間隔を目安に間引きする。芽はわずかに日の出の方向を向いていた。

野菜を育てるのは自然の恵みを感じることができて意外と面白い。自分で育てたモノは可愛いし出来上がりを食べるのも楽しみだ。

スマホで時刻を確認する。六時十五分だ。

NY市場のアプリを開いてみる。そのまま大幅高で取引を終えていた。

太陽が顔を出し始めた。二人は太陽の方向を向いた。